Karl May zum Vergnügen

Karl May zum Vergnügen

Herausgegeben von
Hartmut Vollmer

Mit 12 Abbildungen

Philipp Reclam jun. Stuttgart

RECLAMS UNIVERSAL-BIBLIOTHEK Nr. 18801

Umschlagillustration: Nikolaus Heidelbach, Köln
Umschlaggestaltung: Eva Knoll, Stuttgart
Gesamtherstellung: Reclam, Ditzingen. Printed in Germany 2011
RECLAM, UNIVERSAL-BIBLIOTHEK und
RECLAMS UNIVERSAL-BIBLIOTHEK sind eingetragene Marken
der Philipp Reclam jun. GmbH & Co. KG, Stuttgart
ISBN 978-3-15-018801-9

www.reclam.de

Inhalt

Vorwort

Karl May erfuhr den Ernst des Lebens eindringlich bereits als Kind und später dann in der Zeit seiner Haftstrafen – und war dennoch ein humorvoller, der vergnüglichen Unterhaltung zugetaner Mensch. Heinz Stolte geht sogar so weit zu behaupten, dass der Radebeuler Schriftsteller »unter den deutschen Erzählern einer der humorvollsten« sei.[1] Dies scheinen biographische (briefliche und fotografische) Dokumente zu bestätigen, die den Autor als einen kommunikativen, geistvollen und witzigen Gesellschafter zeigen.

May, am 25. Februar 1842 im ärmlichen Webermilieu des sächsischen Städtchens Ernstthal (ab 1898 Hohenstein-Ernstthal) geboren, sah im Rückblick einen Grundzug seiner Biographie in der Erfahrung einer leidvollen Einsamkeit, die sich in stetigen sozialen Konflikten manifestierte und schon in frühester Kindheit ihren sinnfälligen Ausdruck in einer, wie May es beschrieb, zeitweiligen Erblindung fand. Ob diese frühkindliche Blindheit der Wahrheit entsprach oder lediglich eine retrospektive Fiktion war, kann heute nicht eindeutig geklärt werden. Sicher ist, dass der Schriftsteller in ihr einen Schlüssel entdeckte für

1 Heinz Stolte, »Narren, Clowns und Harlekine. Komik und Humor bei Karl May«, in: *Jahrbuch der Karl-May-Gesellschaft* 1982, Husum 1982, S. 40–59, hier S. 56.

die Ausprägung und Dominanz eines *inneren Sehens*, als Disposition einer großen Phantasiekraft, aus der eine unerschöpfliche Fabulierlust resultierte.

In seiner späten Autobiographie *Mein Leben und Streben* (1910) versuchte May nach den Ursprüngen seiner erzählerischen Begabung und Motivation zu forschen. Durchaus im Sinne der Theorien Sigmund Freuds entdeckte er dort eine untrennbare Verknüpfung mit dem wiederholten Scheitern seiner sozialen Existenz und seinen tiefen Stürzen in die seelischen Abgründe. Das Schreiben, die Literatur stellte sich folglich als Kompensation des beschädigten, unbefriedigten Lebens dar, als Versuch einer Befreiung von schuldhaften Taten. Gewissermaßen mit selbsttherapeutischem Blick verstand er sich später denn auch explizit als ›Literaturpsychologe‹, der in der persönlichen zerrissenen Lebensgeschichte den exemplarischen Fall eines Menschheitsschicksals erkannte. Signifikanterweise schrieb er bei diesem Erkenntnisprozess einem vorgeblich während seiner vierjährigen Haftzeit in Waldheim (1870–1874) vom Anstaltskatecheten Johannes Kochta ihm angeratenen »kleinen Buch« eine entscheidende Bedeutung zu: »Die sogenannte Spaltung des menschlichen Innern, ein Bild der Menschheitsspaltung überhaupt«.[2] In diesem –

2 Vgl. Karl May, *Mein Leben und Streben*, Freiburg i.Br. 1910, S. 176 f. (Reprint, hrsg. von Hainer Plaul, Hildesheim / New York 1975).

fiktiven – Buchtitel hatte er die Spannungen seiner Existenz zu einer »Menschheitsfrage« verdichtet, deren Lösung er sein symbolisch-allegorisches Spätwerk widmete.

Überaus ertragreich hat die May-Forschung darlegen können, in welcher Weise der Autor in seinen Werken eine fiktionale Lebensbühne gestaltete, auf der er mit einer virtuosen Verschlüsselungstechnik reales Geschehen in ein abenteuerlich-exotisches Spiel verwandelte. In der Einsamkeit des Schreibaktes, im Prozess einer bewussten wie unbewussten Konfrontation mit dem verlorenen und wiedergefundenen Ich, bevölkerte May diese Erzählbühne mit einer Vielzahl eigenartiger Charaktere, über deren ›Lebendigkeit‹ seine zweite Frau Klara Bericht gegeben hat: May sei in seinen Arbeitsräumen zwar allein gewesen,

> »dennoch lebte um ihn herum eine Welt voller Gestalten, mit denen er sprach und die mit ihm zu leben schienen. Er lachte und weinte bei seinen Arbeiten, und wer nicht wusste, dass er allein da oben hause, konnte glauben, eine ganze Gesellschaft befinde sich bei ihm.«[3]

3 Klara May, »Bunte Blätter aus Karl Mays Leben«, in: *Karl-May-Jahrbuch* 1918, Breslau 1918, S. 65.

Für den Autor tiefsinniger Botschaften und hoher Ideale, der auch als Komponist *Ernster Klänge* an die Öffentlichkeit trat, bedeutete die literarische Arbeit neben den rezeptionsorientierten Absichten ein lustvolles Spiel mit Maskeraden und Verkleidungen. Analogien dazu lassen sich wiederum in der Biographie Mays entdecken, betrachtet man etwa die hochstaplerischen Rollenspiele in seiner Strafzeit, als der von seinen »inneren Stimmen« und Rachegedanken wegen ungerechter Behandlungen Getriebene u. a. als »Augenarzt Dr. med. Heilig«, »Seminarlehrer Lohse«, »Notenstecher Hermin« oder »Polizeileutnant v. Wolframsdorf« auf Betrugs- und Diebestouren durch die sächsische Heimat irrte: »fast komödiantische Züge werden sichtbar«, so Hans Wollschläger zutreffend.[4] Ein Zeugnis von Mays Pflichtverteidiger Karl Hugo Haase nach der Festnahme des straffälligen ›Verwandlungskünstlers‹ und seiner Gerichtsverhandlung in Mittweida im April 1870 verwies mit Nachdruck auf dieses ›komödiantische‹ Auftreten:

> »Die ganze Persönlichkeit des Angeklagten machte in der Hauptverhandlung den Eindruck eines komischen Menschen, der gewissermaßen aus Übermuth auf der Anklagebank zu sitzen schien.

4 Hans Wollschläger, *Karl May. Grundriß eines gebrochenen Lebens*, Zürich 1976, S. 40.

Und auch in den Acten kennzeichnen sich die meisten seiner Verbrechen in ihrer Ausführung mehr als leichtsinnige Streiche wie als böswillige Verbrechen«.[5]

Nach Mays Rettung aus den kriminellen Abgründen, nach Abbüßung seiner Haftstrafen und der erlösenden Hinwendung zur schriftstellerischen Existenz, die allerdings über den – wie sich später zeigen sollte – verhängnisvollen Weg eines Kolportageautors führte (mit fünf mehrbändigen Romanen für den Dresdner Münchmeyer-Verlag), setzte er die camouflierenden Rollenspiele in einem anderen, literarischen Rahmen fort, indem er öffentlich die Identität mit seinen omnipotenten, zur Berühmtheit gelangten Ich-Helden Old Shatterhand und Kara Ben Nemsi verkündete: »Ich bin wirklich Old Shatterhand resp. Kara Ben Nemsi und habe erlebt, was ich erzähle«, so seine unermüdlichen Beteuerungen.[6] »Dr. Karl May, genannt Old Shatterhand«, lautete die Aufschrift von zahlreich verschickten Fotografien, die den Autor in der Kleidung und Pose des ruhmreichen Ich-Helden präsentierten.

5 Vgl. Anhang zur Reprintausgabe von May, *Mein Leben und Streben* (wie Anm. 2), S. 385, Anm. 145.

6 Brief Mays vom 15. April 1897; vgl. Dieter Sudhoff / Hans-Dieter Steinmetz, *Karl-May-Chronik*, Bd. 2, Bamberg/Radebeul 2005, S. 24.

Durch den im November 1895 erfolgten Kauf eines repräsentativen Hauses in Radebeul bei Dresden, das mit großen goldenen Lettern auf der Fassade als *Villa »Shatterhand«* deklariert wurde und mit seinen exotisch ausgestatteten Räumen den zahlreichen Besuchern die angemessene Wohn- und Schreibstätte eines berühmten Weltläufers bot, erreichte May auch in sozialer Hinsicht den Gipfel des Erfolges und die ersehnte Reputation.

Vergleicht man Mays literarische Apotheosen seiner Ich-Helden mit den ›realitätsreklamierenden‹ Kostümfotos des Autors, verwundert es fraglos, dass das zeitgenössische Lesepublikum den phantastischen, ja letztlich grotesken Identitätserklärungen überhaupt Glauben geschenkt hat. Indem May den kollektiven Wünschen, dem »Traum der unterdrückten Kreatur, die großes Leben haben will«, wie es Ernst Bloch formulierte[7], Gestalt(en) gab, wurden auch die Forderungen der zahllosen Leser immer drängender, die Fiktion zu authentifizieren und die durch die Schrift evozierten Imaginationen in die konkrete Realität zu übertragen. Mays von seinen Verehrern vielfach verlangte und den literarischen und gesellschaftlichen Erfolg zu sichern bemühte ›Beweise‹, nur eigene Erlebnisse in seinen Büchern

7 Ernst Bloch, »Die Silberbüchse Winnetous«, in: *Frankfurter Zeitung*, 31. März 1929.

erzählt zu haben, nahmen derart aberwitzige Formen an, dass die Zerstörung der Illusion lediglich eine Frage der Zeit war.

Tatsächlich wurden um 1900 in der Presse immer stärkere Zweifel laut, ob es sich denn bei diesen beliebten abenteuerlichen ›Reiseerzählungen‹ des ›Ich‹ wirklich um Selbsterlebtes handele. Mit dem Vorwurf des ›literarischen Betrugs‹ und zugleich der ›Enthüllung‹, dass der so christlich sich gerierende Schriftsteller neben seinen Reiseerzählungen auch ›unsittliche Schundromane‹ verfasst habe, setzte eine Pressekampagne ein, von der May in seinem letzten Lebensjahrzehnt zermürbt werden sollte.

Besonders Hans Wollschläger und Claus Roxin haben die psychischen Hintergründe der sogenannten ›Old-Shatterhand-Legende‹ beleuchtet und hierbei auf traumatische Erfahrungen eines narzisstischen Charakters hingewiesen.[8] Während Mays großer Orientreise 1899/1900, im Erlebnis der Unvereinbarkeit von Imagination und Realität, brach sein in den Helden Old Shatterhand und Kara Ben Nem-

8 Vgl. vor allem Hans Wollschläger, »›Die sogenannte Spaltung des menschlichen Innern, ein Bild der Menschheitsspaltung überhaupt‹. Materialien zu einer Charakteranalyse Karl Mays«, in: *Jahrbuch der Karl-May-Gesellschaft* 1972/73, Hamburg 1972, S. 11–92; Claus Roxin, »›Dr. Karl May, genannt Old Shatterhand‹. Zum Bild Karl Mays in der Epoche seiner späten Reiseerzählungen«, in: *Jahrbuch der Karl-May-Gesellschaft* 1974, Hamburg 1973, S. 15–73.

si figuriertes Ich-Ideal zusammen. Nach der Rückkehr von dieser Reise ließ er seinen Verleger Friedrich Ernst Fehsenfeld wissen: »Zu Ihrer Orientirung kurz Folgendes: Alle meine bisherigen Bände sind *nur* Einleitung, nur Vorbereitung. Was ich eigentlich will, weiß außer mir kein Mensch [...]. Ich trete erst jetzt an meine *eigentliche* Aufgabe«.[9] Das »eigentliche« Werk, das nun folgte und das Arno Schmidt dazu bewog, May als »letzten Großmystiker« der deutschen Literatur zu rühmen[10]: die symbolisch-allegorischen Romane *Im Reiche des silbernen Löwen III/IV* (1902/03), *Und Friede auf Erden!* (1904), *Ardistan und Dschinnistan I/II* (1909) und *Winnetou IV* (1910) sowie verschiedene Altersnovellen, zeichnete sich aus durch eine mehrstimmige Struktur, tiefe Gedanklichkeit und einen gehobenen Stilwillen.

Aus der Perspektive der literarischen Wandlung interpretierte May nun auch sein früheres Werk, das ebenfalls symbolisch, gleichnishaft zu verstehen sei. Demnach personifiziere das ›Ich‹ bereits im ersten Band seiner ›Gesammelten Reiseerzählungen‹, *Durch die Wüste*, die »Menschheitsfrage«, und sein Beglei-

9 Brief Mays vom 10. September 1900; abgedruckt in: Karl May, *Briefwechsel mit Friedrich Ernst Fehsenfeld*, Bd. 1, hrsg. von Dieter Sudhoff unter Mitw. von Hans-Dieter Steinmetz, Bamberg/Radebeul 2007, S. 335.

10 Arno Schmidt, »Abu Kital. Vom neuen Großmystiker«, in: A. Schmidt, *Dya Na Sore. Gespräche in einer Bibliothek*, Karlsruhe 1958, S. 193.

ter, der kleine, pfiffige, unentwegt aufschneidende Hadschi Halef Omar, die »menschliche Anima, die sich für die Seele oder gar für den Geist ausgibt, ohne selbst zu wissen, was man unter Seele oder Geist zu verstehen hat«.[11] Bemerkenswerterweise erklärte May diese sonderbare Gestalt als seine »eigene Anima«: »Indem ich alle Fehler des Hadschi beschreibe, schildere ich meine eigenen und lege also eine Beichte ab, wie sie so umfassend und so aufrichtig wohl noch von keinem Schriftsteller abgelegt worden ist.«[12]

Wenngleich man diese späte Deutung als einen nachträglichen Versuch beurteilen muss, auch den ›klassischen‹ Reiseerzählungen einen tieferen Gehalt zuzuschreiben, ist doch festzustellen, dass gerade die häufig auftretenden komischen Figuren auf der Erzählbühne Mays als Funktionsträger erscheinen, die im Kontrast zu den idealistischen Heldengestalten (allzu) menschliche Charakterschwächen repräsentieren, im Spannungsaufbau der Reiseabenteuer für amüsante Intermezzi und unterhaltsame Episoden sorgen und der Handlungsdramaturgie retardierende Momente verschaffen. Die menschlichen Fehler dieser »Narren, Clowns und Harlekine« (Stolte) dürften tatsächlich auch eigene Charaktermängel Mays zum Ausdruck gebracht haben, die im befreienden La-

11 May, *Mein Leben und Streben* (wie Anm. 2), S. 210.
12 Ebd., S. 211.

chen über die zur Schau gestellten Schwächen ihre bedenkliche Schwere verloren. Die vielen kauzigen Figuren im Werk des Schriftstellers – von denen einige im vorliegenden Band vorgestellt werden – boten dem Autor nicht zuletzt die Möglichkeit, seine geliebten Rollenspiele zu inszenieren und damit die unterschiedlichen Teile des Ich kathartisch als Figuren auszuleben.

Dass May seine literarische Karriere mit Humoresken begann[13], deren Handlung er in das vertraute heimatliche Milieu, aber auch in den historischen Rahmen des ›Alten Dessauer‹ setzte, war sicher nicht allein das Resultat kommerzieller Interessen (»Gute, packende Humoresken sind äußerst selten und werden hoch bezahlt«[14]), sondern entsprach auch einer inneren Neigung, Lebensrealität schalkhaft-lustvoll zu literarisieren. Durch originell arrangierte Situationskomik, die slapstickartige Züge aufweist, durch skurrile Figurenzeichnungen und amüsante, von sprachspielerischen Marotten geprägte Dialoge gab May diesen humoristischen Neigungen auch in seinen Reiseerzählungen und sogar im tiefernsten Spätwerk immer wieder neue, variantenreiche Gestaltungsformen. Im entlarvenden und befreienden Lachen über die menschlichen Unzulänglich-

13 Vgl. May, *Mein Leben und Streben* (wie Anm. 2), S. 113.
14 Ebd.

keiten und in der – nach Freud – Funktion der Leidensentlastung und der in Lust verwandelnden ›Abfuhr peinlicher Affekte‹ gewann sein literarischer Humor eine existenzwichtige Bedeutung, durch die sich zugleich die noch heute entstehende »Zuneigung des Lesers«[15] erklärt. Die Affinität zum Lustgewinn im kindlichen Spiel, das Freud wiederum in Beziehung gesetzt hat zur dichterischen Phantasie, ist bei May augenfällig: »Ich blieb ein Kind für alle Zeit«, gestand der Schriftsteller denn auch in seiner Autobiographie,

> »ein um so größeres Kind, je größer ich wurde, und zwar ein Kind, in dem die Seele derart die Oberhand besaß und noch heute besitzt, daß keine Rücksicht auf die Außenwelt und auf das materielle Leben mich jemals bestimmen kann, etwas zu unterlassen, was ich für seelisch richtig befunden habe.«[16]

Seinen – kindlichen – Humor ließ Karl May sich auch im Alter von der Presse- und Prozesshetze nicht nehmen. Als er am 22. März 1912, wenige Tage vor seinem Tod, mit seinem Wiener Vortrag *Empor ins*

15 Vgl. Michael Zaremba, »Strukturen des Humors bei Karl May«, in: *Jahrbuch der Karl-May-Gesellschaft* 1998, Husum 1998, S. 164–176, hier S. 164.

16 May, *Mein Leben und Streben* (wie Anm. 2), S. 33.

Reich der Edelmenschen noch einmal großen öffentlichen Erfolg hatte, berichtete der expressionistische Schriftsteller Robert Müller, der maßgebliche Initiator der Veranstaltung, nach einer persönlichen Begegnung mit dem Radebeuler Erzähler:

»May selbst kenne ich nun; Eindruck: sehr, sehr sympathisch, Größe nebst Einfalt und Kindereien, ohne Zweifel etwas Genialisches und vor Allem: ein Humor, der auch vor dem eigenen Selbst nicht kehrt macht.«[17]

Die vorliegende Textauswahl mag einen vergnüglichen Einblick geben in das Werk eines ›kindlich-genialischen Humoristen‹.

17 Brief vom 21. März 1912 an Ludwig von Ficker, in: Robert Müller, *Briefe und Verstreutes*, hrsg. von Eva Reichmann in Zusammenarb. mit Thomas Schwarz, Oldenburg 1997, S. 47.

Karl May, 1897

I

Das Ich

Das Ich.

»Ich bin's!«
Jawohl, du bist's, mein Ich;
Gestatte mir, dich zu erkennen!
Du rühmst und lobst und brüstest dich,
Stets fertig, dich mein Ich zu nennen.
Doch, seh ich dich mir in dem Licht
Der Wirklichkeit genauer an,
So bist du es und doch auch nicht.
Du weißt, was ich nicht sagen kann!

»Ich will's!«
Jawohl, du willst's, mein Ich;
Gestatte mir nur, dich zu kennen!
Du rühmst und lobst und brüstest dich,
Stets fertig, dich mein Ich zu nennen,
Du hast schon viel, schon viel gewollt,
Doch, sah ich mir's genauer an,
So war es nie, was ich gesollt.
Du weißt, was ich nicht sagen kann!

»Ich kann's!«
Jawohl, du kannst's, mein Ich;
Gestatte mir nur, dich zu kennen!
Du rühmst und lobst und brüstest dich,
Stets fertig, dich mein Ich zu nennen.
Du hast schon viel, schon viel gekonnt,
Doch, sah ich mir's genauer an,
So hast du dich in mir gesonnt.
Du weißt, was ich nicht sagen kann!

»Ich schweig!«
Jawohl, mein liebes Ich;
Gestatte mir, dies klug zu nennen!
Du bist nur Staub, nur Staub für mich,
Und von dem Staub muss ich mich trennen.
Denn, seh ich dich mir in dem Licht
Der Ewigkeit genauer an,
So brauche ich dich einstens nicht.
Das ist's, was ich dir sagen kann!

(*Himmelsgedanken*)

Brief an den Linzer Buchhändler Fidelis Steurer, 28. November 1896

Hochgeehrter Herr.

Da ich zu meiner Freude gehört habe, dass in Linz ein literarisch-pessimistisch-optimistisch-loyal-sozial-interimistisch-kaukasisch-afrikanisch-pomologisch-metaphysisch-materiell-carousellistisches Journal erscheint, welches von den weltberühmten Herren Robert Steyrer, Alexander Heinze u.s.w. redigiert, verlegt, verfasst und in die Welt geworfen wird, so ersuche ich Sie ganz ergebenst um die gütige Mitteilung, unter welchen Bedingungen ich auf dieses Blatt abonnieren könnte. Ich würde auch nicht abgeneigt sein, Mitarbeiter des selben zu werden, falls mir die nötige Tinte nebst den gewünschten Gedanken gratis geliefert würden.

Indem ich Sie ersuche, diese hochgelahrten, unternehmenden Herren von mir, ihrem aufrichtigen Bewunderer, herzlichst zu grüßen, bin ich, verehrter Herr Steurer

Ihr
stets
hochachtungsvoll ergebener
Dr. Karl May.

»Uff, uff! So bist du Old Shatterhand?« fragte er erschrocken.

»Wie kannst du da erst fragen! Ich habe dich doch mit der Faust niedergeschlagen. Wer anders als Winnetou und Old Shatterhand konnten es wagen, mitten in euer Dorf zu dringen und den Sohn des Häuptlings herauszuholen!«

(*Winnetou I*)

Ich muss selbst zum Märchen werden, ich selbst, mein eignes Ich.

(*Mein Leben und Streben*)

»Ich mache Reisen, um Länder und Völker kennen zu lernen, und kehre zuweilen in die Heimat zurück, um meine Ansichten und Erfahrungen ungestört niederzuschreiben.«

»Aber zu welchem Zwecke denn, um aller Welt willen? Das kann ich nicht einsehen.«

»Um der Lehrer meiner Leser zu sein und mir nebenbei Geld zu verdienen.«

»Zounds! Der Lehrer seiner Leser! Und Geld verdienen! Sir, Ihr seid übergeschnappt, wenn ich mich nicht irre! Eure Leser werden gar nichts von Euch lernen, denn Ihr versteht ja selber nichts. Wie kann so ein Greenhorn, so ein ganz und gar ausgewachsenes und ausgestopftes Greenhorn der Lehrer seiner Leser sein! Ich versichere Euch, dass Ihr gar keine Leser finden werdet, nicht einen einzigen! Und sagt mir nur um des Himmels willen, warum Ihr, aber auch grad Ihr ein Lehrer werden wollt, und noch gar der Lehrer Eurer Leser, die Ihr gar nicht finden und haben werdet! Gibt es denn nicht Lehrer und Schulmeister genug auf Erden und in der Welt? Müsst Ihr die Summe dieser Leute denn vergrößern?«

»Hört, Sam, ein Lehrer zu sein, ist ein hochwichtiger, ein heiliger Beruf!«

»Pshaw! Ein Westmann ist viel wichtiger, tausend- und abertausendmal wichtiger! Das muss ich wissen, weil ich einer bin, während Ihr erst kaum mit der Nase hergerochen seid. Ich muss mir das also allen Ernstes verbitten, dass Ihr Lehrer Eurer Leser werden wollt! Und nun gar Geld dabei zu verdienen! Welch eine Idee, welch eine ganz und gar hirnlose Idee! Was kostet denn so ein Buch, wie Ihr schreiben wollt?«

»Einen Dollar, zwei Dollars, drei Dollars, je nach der Größe, denke ich.«

»Schön! Und was kostet ein Biberfell? Habt Ihr eine Ahnung davon? Wenn Ihr Fallensteller werdet, verdient Ihr viel mehr, viel mehr, als wenn Ihr der Lehrer Eurer Leser seid, von dem sie, wenn er ja zu seinem und zu ihrem Unglücke welche finden sollte, nichts als nur Dummheiten lernen würden. Geld verdienen! Das kann man hier im Westen am leichtesten; da liegt es auf der Prairie, im Urwalde, zwischen den Felsen und auf dem Grunde der Flüsse ausgestreut. Und was für ein elendes Leben würdet Ihr als Buchmacher führen! Ihr müsstet anstatt des herrlichen Quellwassers des Westens dicke, schwarze Tinte trinken, an einer alten Gänsefeder kauen, anstatt an einer Bärentatze oder einer Büffellende. Über Euch würdet Ihr anstatt des blauen Himmels eine abgebröckelte Kalkdecke haben und unter Euch anstatt des weichen, grünen Grases eine alte Holzpritsche, auf welcher Ihr den Hexenschuss bekommt. Hier habt Ihr ein Pferd, dort einen zerrissenen Polsterstuhl zwischen den Beinen. Hier könnt Ihr bei jedem Regen und Gewitter die edle Gottesgabe aus erster Hand genießen, dort aber reckt Ihr beim ersten Tropfen, welcher fällt, einen roten oder grünen Schirm zum Himmel auf. Hier seid Ihr ein frischer, freier, froher Mann mit der Büchse in der Faust, dort hockt Ihr am Schreibepult und verschwendet Eure Körperkraft an einem Federhalter oder Bleistifte, der – – – na, ich will aufhalten und mich nicht weiter aufregen. Aber wenn Ihr wirklich willens seid, der Lehrer Eurer Leser zu werden, so seid Ihr der beklagenswerteste Mensch, den es auf Gottes schöner Erde geben kann!«

(*Winnetou I*)

Und dieser imaginäre Old Shatterhand, dieser imaginäre Kara Ben Nemsi, dieses imaginäre »Ich« hat nicht imaginär zu bleiben, sondern sich zu realisieren, zu verwirklichen, und zwar in meinem Leser, der innerlich Alles mit erlebt und darum gleich meinen Gestalten emporsteigt und sich veredelt.

(*Mein Leben und Streben*)

Brief an Willy Einsle, April 1905

Ich bin nur äußerlich ein Schriftsteller. In Wahrheit bin ich ein Forscher auf dem Gebiete der Psychologie. In diesem hochwichtigsten Reiche weiß Niemand mehr Bescheid; da regiert der Unsinn mit der Lächerlichkeit, und selbst der allerklügste Professor kann weder Geist noch Seele definieren und noch viel weniger sie von einander unterscheiden. Was da gelehrt und geglaubt wird, ist gradezu tolles Zeug. Der Menschengeist, der die fernsten Welten berechnet, der Ozeane überbrückt, der den Blitz beherrscht und jedes Element bezwingt, der es in seinen Philosophemen sogar wagt, Gott ab- oder einzusetzen, ganz wie es ihm beliebt, dieser Geist soll hinter unserer Stirn, unter unsern Schädelknochen stecken, in dem weißgrauen Brei, den wir als Gehirn bezeichnen. Wenn wir es ihm erlauben, darf er aus dieser entsetzlichen Gefangenschaft einmal aus unsern Augen schauen, aus unsern Ohren horchen, aus unserer Nase riechen! Ist das nicht Wahnsinn? Perfekte Verrücktheit?

Nun, ich bin ausgezogen, um nach dem Geiste und nach der Seele zu suchen. Meine Reiseerzählungen berichten, was ich gefunden habe, aber nur für den, der das, was ich sage, begreift.

Karl May als Old Shatterhand,
mit der Silberbüchse Winnetous

II

»Ich bin wirklich Old Shatterhand resp. Kara Ben Nemsi«

Brief an seinen Verleger Friedrich Ernst Fehsenfeld, 3. Dezember 1891

Im lieben, schönen Lößnitzgrund,
da saßen zwei selbander;
die schlossen einen Freundschaftsbund,
gehn niemals auseinander.
Der Eine schickt Romane ein,
der Andre lässt sie drucken,
und's Ende wird vom Liede sein:
's wird Beiden herrlich glucken.

»Dieser mein liebster Freund und Bruder ist jüngst erst über das große Wasser gekommen und ein großer Krieger bei seinem Volke. Er hatte noch nie in seinem Leben einen Büffel oder einen Bären gesehen und dennoch vorgestern mit zwei alten Büffelbullen gekämpft und sie erlegt, um mir das Leben zu retten, und dann gestern den grauen Grizzly des Felsengebirges mit dem Messer erstochen, ohne dass ihm dabei die Haut geritzt worden ist.«

»Uff, uff!« riefen die Roten, mich bewundernd, aus, und Sam fuhr, allerdings in überschwänglicher Weise, fort:

»Seine Kugel verfehlt niemals ihr Ziel, und in seiner Hand wohnt so viel Kraft, dass er jeden Feind mit einem einzigen Hiebe seiner Faust zu Boden schmettert. Darum haben ihm die weißen Männer des Westens den Namen Old Shatterhand gegeben.«

(*Winnetou I*)

Er trat wieder näher und griff mit beiden Händen zu. Noch waren mir die Hände nicht vollständig zusammengebunden; der Riemen war mir erst um das eine Handgelenk geknotet worden und sollte nun noch um das andere geschlungen werden. Ich machte mir mit einem schnellen, kräftigen Rucke die Hände frei, nahm mit der linken Santer bei der Brust und schlug ihm die rechte Faust auf den Kopf, dass er zusammenbrach und regungslos wie ein Klotz liegen blieb.

»Uff, uff, uff!« riefen die Roten ringsum.

»Nun bindet mich wieder«, sagte ich, indem ich die Hände wieder hinhielt.

»Old Shatterhand hat seinen Namen in der Tat«, lobte mich der junge Häuptling.

(*Winnetou III*)

»Mein Name lautet Hadschi Halef Omar Ben Hadschi Abul Abbas Ibn Hadschi Dawuhd al Gossarah. Und dieser mein Gefährte, dessen Freund und Beschützer ich bin, heißt Emir Kara Ben Nemsi Effendi. Er stammt aus Dschermanistan, welches Land außer den Gebieten des Padischah das größte Reich auf Erden ist und sich über mehr als zehntausend Gebirge, Ebenen, Seen und Flüsse erstreckt. Er hat mit mir alle Gegenden des Westens und Ostens, des Nordens und Südens durchritten, um Wunder des Mutes und der Tapferkeit zu verrichten. Seine Freunde lieben und seine Feinde fürchten ihn. Wir haben den Löwen getötet und den schwarzen Panther aus der Welt geschafft. Wir haben ganze Stämme der Beduinen besiegt und bei keinem Angriffe den Rücken nach vorn und den Bauch nach hinten gehabt. Mein Emir spricht alle Sprachen der Völker, nennt alle Sterne des Himmels bei ihren angeborenen Namen und kann dir sagen, wie alle Tiere, Pflanzen und Steine heißen, die es gibt. Er ist der berühmteste Krieger, der weiseste Gelehrte und der herrlichste Mensch, den ich kenne. Sultane, Kaiser, Könige und Fürsten lauschen auf seine Wünsche, denn sie lieben und verehren ihn […].«

(*Im Reiche des silbernen Löwen II*)

»Old Shatterhand und Kara Ben Nemsi Effendi sind Eins, sind dieselbe Person! Was werdet Ihr mir alles erzählen müssen!«

(*Im Reiche des silbernen Löwen I*)

»Ihr habt Gäste bekommen? Wer sind diese Männer?«

»Es sind sehr tapfere Krieger und große Helden. Dieser Effendi ist ein Emir aus Germanistan.«

»Germanistan kenne ich nicht, also wird es ein kleines Dörfchen sein. Wenn diese Leute wirklich so tapfer wären, wie du sagst, so würden sie zu uns kommen und nicht zu euch, die ihr euch fürchtet, mit gegen die Kurden zu ziehen.«

(*Maria oder Fatima*, in *Auf fremden Pfaden*)

»Kann ich ein Glas Bier bekommen, Mutter Thick?« fragte ich.

»Yes«, nickte sie, »sehr gutes sogar. Habe es gern, wenn meine Gäste Bier trinken; ist besser und gesünder und auch anständiger als Brandy, der oft tolle Köpfe macht. Seid wahrscheinlich ein Deutscher, Sir?«

»Yes.«

»Dachte es mir, weil Ihr Bier verlangt. Die Deutschen trinken immer Bier, und sie sind klug, dass sie es tun.«

(*Old Surehand II*)

Brief an einen unbekannten Empfänger, 2. November 1894

Ich spreche und schreibe: Französisch, englisch, italienisch, spanisch, griechisch, lateinisch, hebräisch, rumänisch, arabisch 6 Dialekte, persisch, kurdisch 2 Dialekte, chinesisch 2 Dialekte, malayisch, Namaqua, einige Sunda-Idiome, Suaheli, Hindostanisch, türkisch und die Indianersprachen der Sioux, Apachen, Komantschen, Snakes, Uthas, Kiowas nebst dem Ketschumany 3 südamerikanische Dialekte. Lappländisch will ich nicht mitzählen.

Brief an Lisbeth Felber, 16. Dezember 1894

Ja, ich habe das Alles und noch viel mehr erlebt. Ich trage noch heute die Narben von den Wunden, die ich erhalten habe. Ich unternehme meine Reisen ja ganz anders als diejenigen, welche auf den großen, breiten Straßen und Karawanenwegen bleiben, wo es keine Gefahr gibt, wo man aber auch nichts leisten kann und Land und Leute niemals richtig kennen lernt. Von den kleineren Beschwerden, Entbehrungen und Entsagungen, die man zu erdulden hat und die in ihrer Gesamtheit viel schwerer zu ertragen sind als einzelne schwerere Schicksalsschläge, kann man freilich in keinem Buche erzählen.

Brief an einen unbekannten Empfänger, 3. Januar 1895

Sehr geehrter Herr!

Es war mir unmöglich, Ihren Brief vom 1./11. eher als heut zu beantworten. Aber was soll ich antworten? Ich habe diese Reisen wirklich gemacht und spreche die Sprachen der Völker, bei denen ich gewesen bin. Keine der Personen und keines der Ereignisse, welche ich beschreibe, ist erfunden. Wenn Sie im »Deutschen Hausschatze«* gelesen haben, werden Sie gefunden haben, dass ich erst kürzlich in Arabien und Persien und bei meinem braven Hadschi Halef Omar gewesen bin. Jeder gebildete Mann weiß, dass der Maler nicht mit dem leeren Pinsel malen kann; so braucht auch der Schriftsteller Farben, wenn seine Arbeit nicht ein nacktes, kahles Referat sein soll. Muss man das wirklich erst erklären?

Ich soll Ihnen über Winnetou, Old Firehand, meinen Henrystutzen und Bärentöter *genauere* Mitteilungen machen? Wissen Sie, was Sie da verlangen? Das ist ja Alles in meinen gesammelten Werken gedruckt! Was nennen Sie »genauere Mitteilung«? Soll

* Katholische Familienzeitschrift, die in Regensburg verlegt wurde und in der Karl May zahlreiche Reiseerzählungen zuerst veröffentlichte. [Anmerkungen, die mit Asterisken gekennzeichnet sind, stammen vom Herausgeber.]

ich Ihnen zehn Ries Papier vollschreiben? Ich habe weit über 100 000 Leser, bin 11 Monate lang verreist gewesen und habe von meiner Rückkehr an bis heut mehrere Tausend Briefe bekommen. Wenn da Jeder »genauere Mitteilungen« über irgend einen beliebigen Gegenstand haben wollte, so müsste ich 50 Schreiber besolden und 50 Zungen haben, um ihnen diktieren zu können, dabei meine eigentliche Arbeit liegen lassen und noch extra Bankerott machen, weil mir kein Mensch eine Marke beilegt und ich also für jede Gefälligkeit, die ich erweise, nicht nur meine kostbare Zeit, sondern auch noch 10 Pfennige hergeben muss. Zu »genaueren Mitteilungen« habe ich keine Zeit!

Ergebenst
Dr. Karl May.

Ich hatte meine Sujets aus meinem eigenen Leben, aus dem Leben meiner Umgebung, meiner Heimat zu nehmen und konnte darum stets der Wahrheit gemäß behaupten, dass Alles, was ich erzähle, Selbsterlebtes und Miterlebtes sei.

(*Mein Leben und Streben*)

Die Villa »Shatterhand« in Radebeul

Freuden und Leiden eines Vielgelesenen

Wenn ein Autor von seinen Lesern aufgefordert, ja förmlich gedrängt wird, »doch auch einmal etwas über sich selbst zu schreiben«, so geht er nur, eben weil er so gedrängt wird, an die Erfüllung dieses Wunsches; denn er stürzt sich dabei kopfüber in die unvermeidliche Gefahr, ein Abu el Botlahn[1] oder

1 »Vater der Eitelkeit«. [Anmerkungen mit Nummernzählung stammen von Karl May selbst.]

Dschidd el Intifahch[2], wie der Araber sich auszudrücken pflegt, genannt zu werden. Und wenn er gar sich der obenstehenden Überschrift bedient, sich also einen Vielgelesenen nennt, so hat diese Gefahr schon gleich bei der ersten Zeile einen solchen Grad erreicht, dass sie gar nicht größer werden kann. Damit ist aber auch sogleich die Angst überwunden, welche man vor Gefahren zu haben pflegt, und ich kann freien und heiteren Gemütes meinen lieben Leserinnen und Lesern sagen, dass ich mich schon deshalb als einen Vielgelesenen bezeichnen darf, weil nur ein solcher von den Freuden und ganz besonders von den Leiden reden kann, durch deren Besprechung an dieser Stelle ich mein Herz gern einigermaßen erleichtern möchte.

Dass ich kein Abu el Botlahn, sondern im Gegenteile ein bescheidener, durch seine Erfolge schwer niedergedrückter Schriftsteller bin, kann ich schon durch den Standpunkt beweisen, von welchem aus ich heute »meine Feder in die Tinte tauche«. Glücklich, dreifach glücklich ist nämlich der Autor zu preisen, dessen Werke nie zum Drucke angenommen werden! Sie bleiben sein unbestrittenes geistiges Eigentum, und er kann, ohne jemals widerrechtlich nachgedruckt zu werden, zwischen seinen vier Wänden und im Kreise seiner heimlichen Bewunderer so

2 »Großvater des Eigendünkels«.

oft, als es ihm beliebt, in ihren Schönheiten schwelgen; sie dürfen ihm so lieb und so kostbar sein und bleiben wie eine Sammlung von Diamanten, die man nie verkauft. Schon weniger glücklich ist der Autor, welchem die Fatalität begegnet, ein oder einige Male gedruckt zu werden. Er ist dem Löwen der Öffentlichkeit in die unerbittlichen Pranken geraten, wird von ihm hin- und hergeworfen und hat von Augenblick zu Augenblick den entsetzlichen Biss zu erwarten, der ihm den Garaus macht. Das Honorar ist nur die Lockspeise gewesen, welche ihn in eine Lage brachte, der er nur durch die nunmehrige größte schriftstellerische Enthaltsamkeit entrinnen kann. Von einem vertraulichen, behaglichen, häuslich verborgenen Genusse seiner Geistesfrüchte kann keine Rede sein! Und nun erst derjenige unglückliche Literat, den der obenerwähnte p. t.* Löwe so fest hält, dass er nicht wieder loskommen kann! Er ist einem so beklagenswerten Geschick verfallen, dass jedes nur einigermaßen mitleidige Menschenkind ihm – – doch, wozu die Einleitung so lang machen! Ich gehöre ja leider selbst zu dieser Klasse von Duldern, und wenn ich von meinen Leiden erzähle, die von einigen seltenen Lichtblitzen nur um so stärker hervorgehoben werden, so werden damit die Qualen meiner Berufsgenossen auch beschrieben und ich

* *pleno titulo:* Höflichkeitsformel: ›mit vollem Titel‹.

brauche sie also gar nicht eingangsweise aufzuzählen.

Der Autor soll vor allen Dingen logisch sein, und da es keine größere Logik als diejenige der Tatsachen gibt, so lasse ich die Tatsachen sprechen, indem ich zunächst einen Tag, einen einzigen Tag der jetzt vergangenen Woche schildere.

Es ist Dienstag früh punkt sieben. Ich werde um Manuskript gedrängt, habe seit gestern Nachmittag drei Uhr, also sechzehn Stunden lang, am Schreibtische gesessen und kann, auch wenn ich nicht gestört werde, vor abends acht Uhr nicht fertig werden. Die Nacht, oft zwei, drei Nächte hintereinander, ohne dann am Tage schlafen zu können, ist überhaupt meine Arbeitszeit, der vielen Besuche wegen, welche täglich kommen, um »ihren« Old Shatterhand resp. Kara Ben Nemsi Effendi persönlich kennen zu lernen. Es klingelt unten am Eingange, und trotz der frühen Stunde wird mir ein Gymnasiast gemeldet, welcher so zeitig aus Dresden gekommen ist, um mich sicher anzutreffen. Beim Eintritte in die Studierstube erblickt er den mächtigen »Abu er Rad« im Hintergrunde, lässt vor Schreck die Tür offen stehen, macht dann einen Sprung vorwärts und stürzt mit dem Rufe »Dunner unds Messer, das ist ja ein Löwe, ein richtiger, wirklicher Löwe!« auf das von mir in Afrika geschossene Raubtier zu, wobei er aber an dem Kopfe des Grizzlybären hängen bleibt. »Allerdings«, antworte ich lächelnd. Das macht ihn darauf aufmerksam, dass ich auch da bin, und er wendet sich mir mit einer Verbeugung aus der Obersekunda zu, um mir den Zweck seines Besuches zu erklären. Er will sich nämlich folgendes von mir erbitten: eine Locke von Winnetou, einen Revolver, weil ich doch so viele hier hängen habe, ein Straußenei und nur ein Viertelpfund von dem echten Dschebelitabak, den ich in meinen Werken so gepriesen habe. Ich erlaube ihm, sich einen Tschibuk mit Dschebeli zu stopfen, und während er, auf dem Divan sitzend, ihn mit der Miene eines Pascha von zwanzig Rossschweifen raucht, versuche ich, weiter zu schreiben, komme aber vor den hundert Fragen, die ich ihm beantworten muss, nicht dazu. Zu meiner Freude bittet er mich, meinen Garten und besonders »das künstliche Gebirge« mit dem chinesischen Pavillon ansehen zu dürfen. Ich gestatte es; er geht mit einer rätselhaften Verneigung zur noch immer offenen Tür hinaus, wirft sie mit Riesenkraft ins Schloss, und ich kann endlich wieder schreiben.

Es klingelt abermals. Man bringt mir eine Depesche folgenden Inhalts: »Heute mittag zwölf Uhr Hotel Europäischer Hof, Dresden – – Herbig.« Weil das Telegramm aus Leipzig kommt und mein dortiger Kommissionär Herbig heißt, nehme ich mir vor, nach Dresden zu fahren, obgleich es mich befremdet, dass dieser Herr, anstatt zu mir nach Radebeul zu kommen, mir meine kostbare Zeit verkürzt.

Acht Uhr! Die erste Post wird abgegeben; dreißig Briefe von Lesern, darunter vier mit zusammen achtzig Pfennigen Strafporto, ein fast tägliches Vorkommnis; ferner drei Pakete und eine Kiste. Die Pakete enthalten Manuskripte jener Art glückseliger Schriftsteller, die keinen Verleger finden; ich soll sie verbessern und dann an Redaktionen senden, welche gute Honorare zahlen. Die Kiste enthält zwei halbe Flaschen Wein, die mir ein Leser sendet, weil er »so entzückt von meinen Werken« ist. Ich öffne und koste, nachdem ich zwei Mark fünfundneunzig Pfennige für unterlassene Frankierung und Verzollung bezahlt habe. Als Kenner schmecke ich, dass es ein Paysan für fünfzig Centimes pro Flasche ist. Ich bin natürlich von diesem Werke des Absenders nicht so entzückt, wie er von den meinigen, fühle mich aber verpflichtet, ihm einen für zwanzig Pfennige frankierten Dankesbrief zu schreiben.

Eben will ich mich wieder zur Arbeit setzen, da fallt mein Blick in den Garten. Der Gymnasiast ist mir über die Himbeeren geraten. Ich klingle, um ihm sagen zu lassen, dass meine gute Hausfrau auf diese Weise zu keinem Himbeersafte und Old Shatterhand zu keiner Limonade kommen könne; er geht höchst indigniert von dannen, und ich erfahre, dass er vorher auch schon meine köstlichen Riesenerdbeeren, die ich mir mit vieler Mühe und durch eine Reihe von Jahren aus einer einzigen, von mir selbst hybridisierten Pflanze gezogen habe, den Weg aller Beeren habe gehen lassen. Wahrscheinlich hat er geglaubt, dass es eines Westmannes wie Old Shatterhand unwürdig sei, sich mit süßen Erdbeeren zu äsen!

Ich habe vielleicht eine halbe Seite geschrieben, da höre ich auf der Straße wiederholt meinen Namen nennen. Ich trete auf den Balkon und blicke, hinter Blumenranken versteckt, hinab. Da stehen vier junge Burschen, nehmen die Villa in liebreichen Augenschein und werfen sich ihre leise sein sollenden, aber sehr vernehmbar ausfallenden Bemerkungen zu:

»Es is richtig, ganz richtig! Mer ham uns nich verloofen! Siehste denn nich die großen, goldnen Buchschtaben da droben, Du Dummkopp, Du? Das heeßt ›Villa Schschschatterhand‹. Mer sin also an Ort und Schtelle! Itzt kannste klingeln!« – »Nee, ich nich!« – »Warum denn nich?« – »Ich fürcht mich so.« – »Unsinn! Er wird Dich nich beißen! Hast's doch gelesen, was für een guter Kerl er is!« – »Wenn er aber grad heute schlechte Laune hat!« – »Warum denn grad heute? Klingle nur; drück nur immer off'n Knopp! Du wirscht gleich sehn, dass das elektrisch is!« – »Nee, ich drücke nich!« – »Na, da drück Du, August!« – »Ich ooch nich! Höre, wenn er böse wird! Mer wolln lieber wieder heemegehn!« – »Emil, Du?« – »Nee, ich hab ooch solche Angst!« – »Na, wisst Ihr, was mer machen? Mer losen, und wen's trifft, der drückt off'n Knopp, aber feste, dass mersch ooch hört!«

Sie losen mit Streichhölzern, und dann schieben sie den Betreffenden an den »Knopp«. Die Glocke tönt, und sie fahren erschrocken auseinander. Ich trete ins Zimmer zurück, und bald werden mir die vier »Bewunderer« angemeldet. Es sind Kartonagearbeiter*. Ihr Prinzipal** feiert heute seinen Geburtstag; da wird nicht gearbeitet, und die dadurch hervorgerufene feierlich frohe Stimmung hat ihnen den Mut gemacht, den Verfasser ihrer Lieblingsbücher aufzusuchen. Ich lasse sie natürlich kommen. Sie stellen sich wie Orgelpfeifen nebeneinander an der Tür auf, starren mit weit offenen Augen meine Jagdtrophäen an und wagen vor Angst nicht zu sprechen. Meine Freundlichkeit verfehlt aber ihre Wirkung nicht, und bald erklärt mir der Beherzteste von ihnen:

»Eegentlich sin wir Viere als Deputation abgeschickt. Sie werd'n nämlich von der ganzen Fabrik gelesen, wenn ooch bloß nur aus der Leihbibliothek. Aber mer ham Sie alle liebgewonnen, und ooch die Großen halten sich lieber Ihre Bücher, als dass se ins Wirtshaus gehn. Der Prinzipal spricht, Sie wär'n een wahrer Segen für seine ganze Kartonage!«

Ich zeige ihnen alles, was zu sehen ist, beglücke sie mit einem Glase Wein, weil Geburtstag ist, und entlasse sie mit einem Gruße an den Prinzipal und ihre

* Kartonage: Pappverpackung.

** Chef, Vorgesetzter.

Mitarbeiter. Sie gehen stolz wie Spanier ab, und als sich unten das Tor hinter ihnen geschlossen hat, höre ich die Urteile, welche sie über mich fällen:

»Na, is er nich ganz gemütlich gewesen? Grad so wie Unsereener! Schtolz scheint er nich zu sein, gar nich!« – »Nee; er hat grade so mit uns gered't, als ob mer ooch mit in Amerika und in Ägypten gewesen wären. Er hat mer sehre gefallen, sehre; das muss ich sagen!« – »Und die vielen, großartigen Sachen, die er hat, Allebonnöhr! Es is mer ganz angst und bange geworden, als mich der wilde Büffel so anguckte, und der Cojote und der Leopard! Und der Löwe erscht! Und sogar Wein ham mer gekriegt! Na, kommt, mer wolln machen, dass mer heeme kommen und erzählen können, sonst vergess'n mer alles wieder! Die andern wär'n sich aber ärgern, dass se nich ooch mitgewesen sin. So is es aber, wenn mer keenen Mut besitzt; nu ham se nischt gesehen!«

Brief an die Familie Wolff-Malm, 13. Juni 1896

Meine lieben Freunde!

Ich bekomme so viele Briefe von meinen Leserinnen und Lesern, dass jetzt über 5000 daliegen, die ich alle zu beantworten habe; diese Beantwortung geschieht natürlich der Reihe nach, wie die Schreiben eingegangen sind. Bei Ihnen aber will ich eine Ausnahme machen und Sie nicht so lange warten lassen. Vielleicht schicken Sie mir Ihre Photographien für mein Leseralbum dafür!

Was ich in »Winnetou« erzählt habe, ist Alles erlebt; ich erfinde überhaupt nichts. Die Überschrift meiner Bücher »Reise*romane*«, ist falsch; sie wird nächstens in »Reiseerlebnisse« umgeändert werden. Wenn Sie mich besuchen könnten, würden Sie Winnetous Silberbüchse, die Haarsträhne, welche ich ihm damals abgeschnitten habe, den Anzug aus Elkleder und den Lasso, beides von seiner Schwester für mich gemacht, in meiner Sammlung finden, und noch vieles Andere.

Mehr kann ich leider nicht schreiben, denn ich habe wirklich keine Zeit zu langen Briefen.

Mit herzlichem Gruße
Ihr
Old Shatterhand

Grußkarte Karl Mays aus Kairo,
16. April 1899

Ergebenste Bitte

Bei meinen oft sehr lange währenden Reisen, welche mich von der Heimat fern halten, ist es mir unmöglich, die zwar in sehr erfreulicher aber oft auch überwältigender Zahl einlaufenden Sendungen *sofort* zu erledigen. Ich muss daher um gütige Nachsicht bitten, wenn einmal die Antwort nicht sogleich erfolgt.

Und bei den innigen Geistes- und auch seelischen Beziehungen, in welche sich meine freundlichen

Leserinnen und Leser zu mir gestellt haben, würde es mir lieb sein, wenn ich recht oft durch Beilegung der Photographie für mein Leser-Album erfreut würde.

Radebeul-Dresden,
Villa »Shatterhand«.

Dr. Karl May.

»Ich habe nämlich die eigentümliche Gewohnheit, eigentlich ein deutscher Schriftsteller, nebenbei aber auch Old Shatterhand zu sein.«

(*»Weihnacht!«*)

»Es wäre ein wirklich unbegreiflicher Zufall, der ihm verriete, dass wir Winnetou und Old Shatterhand sind!«

(*Satan und Ischariot II*)

»Ah, ein Deutscher und ein Apatsche! Das gehört allerdings zusammen.«

(*Old Surehand II*)

»Und Ihr Familienname? Wenn ich mich nicht irre, hießen Sie wie einer von den zwölf Monaten?«

»März«, sagte ich.

»Ja, März, März war es. Also, Sennor März, können Sie sich besinnen, wie wir damals auseinandergegangen sind?«

»Nicht eben sehr freundlich.«

(*Satan und Ischariot III*)

Nachwort zu »Im Lande des Mahdi III«

»Hochgeehrter Herr Doktor! Geehrter Kara Ben Nemsi! Lieber Old Shatterhand! Ich bin ein eifriger Bewunderer von Ihnen und schreibe Ihnen, weil, wer ein Buch von Ihnen gelesen hat, gar nicht anders kann, er muss sich hinsetzen und Ihnen schreiben etc. etc. etc. etc.« So oder ähnlich beginnen die meisten Briefe, welche ich empfange. Es gewährt mir eine beglückende Genugtuung, solche Zuschriften zu erhalten, und wenn mir, wie so oft, ein Leser schreibt, dass er durch meine Bücher ein braver Mensch geworden und auf den Weg des Guten und der Pflicht zurückgeführt worden sei, so freue ich mich darüber, aufrichtig gestanden, mehr als über das Honorar, welches mir diese Werke einbringen. Aber diese Korrespondenz hat auch ihre oft recht unangenehmen Schattenseiten.

Die eingehenden derartigen Briefe zählen nicht nach Hunderten, sondern nach Tausenden; dennoch bin ich gern bereit, jeden einzeln zu beantworten und die dadurch hervorgerufenen Zeitverluste nicht zu rechnen, obgleich die Summe derselben im Laufe des Jahres eine so bedeutende ist, dass sie die Arbeitszeit von Monaten in sich schließt; aber ich bitte, mich nicht zu drängen, wenn die Antwort nicht umgehend erfolgt. Weil man nur Briefe von meiner Hand haben will, muss ich diesen Briefwechsel selbst bewältigen, und da ich als Reiseschriftsteller nicht stets zu Hause bin und ich die Beantwortung von Zuschriften doch unmöglich zu meiner Hauptarbeit machen kann, kommt es vor, dass sich ganze hohe Stöße von Briefen anhäufen, die ich nur nach und nach, und zwar in der Reihenfolge, wie sie eingegangen sind, erledigen kann.

Da ist dann der seltsame Umstand zu bemerken, dass fast jeder, der mir schreibt, irgend einen Grund zu haben glaubt, bevorzugt werden zu müssen; jeder und jede hält sich für denjenigen oder diejenige, dem oder der ich *sofort* zu antworten habe, und wenn dies nicht geschieht, so werde ich mit Mahnungen und Vorwürfen bombardiert, dass mir angst und bange werden möchte. Viele, sehr viele sogar, sind auch nicht mit *einem* Briefe zufrieden; sie wünschen in einen längeren, womöglich lebenslangen schriftlichen Verkehr mit mir zu treten, und senden mir, meist in wöchentlichen Zwischenräumen, Briefe, welche fünf, sechs oder noch mehr Bogen füllen. Ich pflege da meine Zuflucht zu Schillers »Lass genug sein des grausamen Spieles!« zu nehmen, doch immer ohne Erfolg. Es sei darum dieser Stoßseufzer hiermit einmal öffentlich ausgehaucht. Wollte ich diese Wünsche erfüllen und mit so vielen, mir ja ganz herzlieben Leuten in regelmäßigen Briefwechsel treten, so könnte ich keine Manuskripte mehr schreiben, und sie bekämen nichts mehr von mir zu lesen. Also, ich will gern jedes Schreiben beantworten, wenn auch nicht umgehend, aber zu einem förmlichen Briefverkehr kann ich mich unmöglich verbindlich machen.

Ich habe soeben gesagt »jedes Schreiben«, muss aber selbst da bitten, einige Ausnahmen machen zu dürfen. Ich werde nämlich von Autographen- und Briefmarkensammlern in einer Weise heimgesucht, welche oft rührend naiv, meist aber mehr als dieses ist. Bitten mich doch z.B. Gesang- und Turnvereine etc. etc. um mein Autogramm, und kürzlich wurden für ein Gymnasium nicht weniger als 89 Stück verlangt. Gegen derartige Anstürme kann ich mich nur dadurch retten, dass ich solche Briefe einfach dem Papierkorbe übergebe. Ganz dasselbe muss auch mit Zuschriften geschehen, deren Verfasser nur mit den Anfangsbuchstaben unterzeichnen und mir zumuten, die Antwort poste restante* zu adressieren. Grad in

* postlagernd.

solchen Briefen werden mir gewöhnlich sehr intime Bitten vorgetragen, und wenn man da Hilfe durch Rat und Tat von mir verlangt, sollte man doch auch das Vertrauen zu mir haben, mich wissen zu lassen, wem ich helfen soll.

Dabei komme ich auf die gewiss interessante Bemerkung, dass ich unter hundert Briefen kaum zwei oder drei mit vollständiger Unterschrift erhalte; der Stand ist fast niemals angegeben. Ist es schon ärgerlich, wenn man den Namen, den doch jeder, welcher eine Antwort haben will, deutlich schreiben sollte, mühsam entziffern muss, so ist es gradezu peinlich, den Stand dessen nicht zu kennen, dessen Wünsche man erfüllen soll, denn Wünsche haben sie alle, alle, die mir schreiben. Ich habe keine Zeit gehabt, mich zum handwerksmäßigen Graphologen auszubilden, und selbst wenn dies der Fall gewesen wäre, würde es mir nur in wenigen Ausnahmefällen möglich sein, aus der Schrift mit Sicherheit auf den Stand des Verfassers zu schließen.

Und nun zu meiner letzten Bitte. Es gibt so viele Leserinnen und Leser, welche, wie ich gewöhnlich höre, »nicht in Dresden gewesen sein wollen, ohne ihren Old Shatterhand etc. etc. persönlich kennen gelernt zu haben«. Infolge dieser Besuche, die ich täglich zu empfangen habe und welche besonders zur Ferienzeit meine Glocke in Bewegung setzen, kann ich nur des Nachts arbeiten, denn die akademischen

Eine junge Verehrerin
(aus Karl Mays *Leseralbum*)

zehn Minuten, welche ein solcher Besuch zu dauern hat, werden gewöhnlich zu Stunden ausgedehnt, während welcher Zeit ich alle möglichen und unmöglichen Fragen zu beantworten habe. Dazu kommt, dass ich z. B. in der ersten Hälfte des laufenden Jahres nur einen, einen einzigen Fall verzeichnen kann, dass sich ein Leser vorher bei mir angemeldet hat. Man fühlt sich eben als Glied der gemütlichen Familie, deren literarischer Papa zu sein ich die Ehre habe, und welcher Sohn oder welche Tochter hat erst anzufragen, ob der Besuch dem Papa passt oder ob er überhaupt zu Hause ist! Er hat eben da zu sein – punktum!

Es geschieht häufig, dass Herrschaften sich wochenlang in Dresden und Umgebung befinden und dann erst ganz kurz vor der Abreise zu mir kommen. Bin ich dann zufälligerweise nicht da, so ist die Enttäuschung groß, und man beklagt sich darüber, dass ich grad jetzt, vor fünf Minuten, auf den dummen Gedanken gekommen bin, fortzulaufen, ohne zu sagen, wann ich wiederkommen werde. Diese guten Leutchen haben eine ganze Woche Zeit gehabt, sich mit Hilfe einer Postkarte, also durch ein Opfer von fünf Pfennigen, zu vergewissern, ob und wann ich zu sprechen bin; nun ärgern sie sich. Und ich? Nun, ich als guter Papa ärgere mich pflichtschuldigst auch, dass meine Kinder mich nicht angetroffen haben, und bitte hier an dieser Stelle dringend, die kleine

Mühe nicht zu scheuen, sondern vorkommenden Falles sich und mir den Gefallen zu tun, durch einige anfragende oder benachrichtigende Worte dafür zu sorgen, dass der Besuch kein vergeblicher wird!

Endlich sei mir auf zahlreiche Anfragen die Bemerkung erlaubt, dass Photographien von Old Shatterhand und Kara Ben Nemsi bei Herrn Photograph Adolf Nunwarz in Linz-Urfahr, Oberösterreich, zu haben sind. –

Radebeul-Dresden,
Villa »Shatterhand«.

Dr. Karl May.

[...] viele hunderte von Zuschriften aus allen Gegenden des Vater- und auch des Auslandes haben mir bewiesen, welch ein inniges Seelenbündnis sich zwischen meinen Lesern und mir herausgestaltet hat.

(*Der Schut*)

Brief an Ina Seidel, 9. Januar 1899

Rih ist längst tot, wie in dem Bande »Der Schut« zu lesen ist. In einigen Tagen gehe ich nach Arabien zu meinem lieben Hadschi Halef Omar. Gruß!

Dr. Karl May.

Brief an Josef Schlipper, 13. Januar 1899

Lieber Josef!

Kurz vor meiner Abreise nach Arabien zu Hadschi Halef Omar und dann nach Amerika zu meinen Apatschen sende ich Dir mein Bild. Bleibe so brav, wie Du jetzt bist!

Dein

Old Shatterhand.
(Dr. Karl May.)

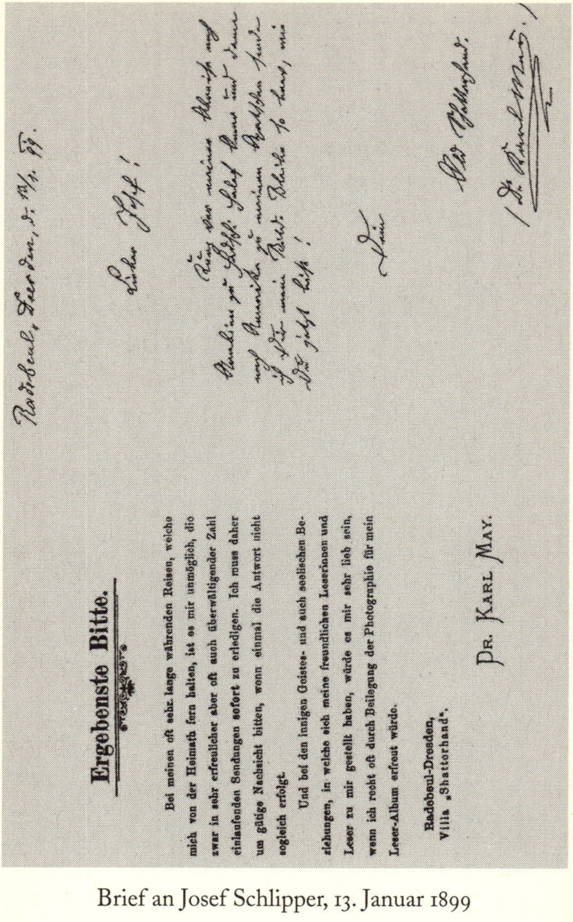

Ergebenste Bitte.

Bei meinen oft sehr lange währenden Reisen, welche mich von der Heimath fern halten, ist es mir unmöglich, die zwar in sehr erfreulicher aber oft auch überwältigender Zahl einlaufenden Sendungen sofort zu erledigen. Ich muss daher um gütige Nachsicht bitten, wenn einmal die Antwort nicht sogleich erfolgt.

Und bei den innigen Geistes- und auch seelischen Beziehungen, in welche sich meine freundlichen Leserinnen und Leser zu mir gestellt haben, würde es mir sehr lieb sein, wenn ich recht oft durch Beilegung der Photographie für mein Leser-Album erfreut würde.

Radebeul-Dresden,
Villa „Shatterhand".

Dr. Karl May.

Radebeul, Dresden, d. 13/1. 99.

Lieber Josef!

Dein
Old Shatterhand.
(Dr. Karl May.)

Brief an Josef Schlipper, 13. Januar 1899

III

»… denn das Leben ist der fruchtbarste und phantasiereichste Romanschreiber«

Der gewaltigste Dichter und Schriftsteller ist – – das Leben. Es ist weder von Shakespeare, Milton und Scott, von Dante, Tasso und Ariost, noch von Göthe, Schiller und Anderen erreicht oder gar übertroffen worden. Das Leben schreibt mit diamantenem Griffel; seine Schrift ist unvergänglich, seine Logik unbestechlich, seine Charakteristik von unveränderbarer Treue, seine Schilderung hinreißend und von herzergreifender Wahrheit. Was es darstellt, ist wirklich geschehen; die Personen, welche es handelnd aufführt, haben wirklich gelebt oder leben noch. Es gibt keinen Redakteur, keinen Kritiker, keine Zensur, überhaupt keine irdische Feder, welcher es erlaubt wäre, von dem Manuskripte der wirklichen Tatsachen auch nur einen Buchstaben zu streichen.

Das Leben arbeitet in unendlicher Rastlosigkeit, und nur, wenn der Blick des Sterblichen, von der Kolossalität des Allgemeinen überwältigt, sich auf das Besondere und Einzelne richtet, kann es zuweilen scheinen, als ob die Geschichtsschreiberin der Welt- und Erdenentwicklung einmal die Feder ermüdet aus der Hand gelegt habe. Pausen scheinen eingetreten und Gedankenstriche gemacht worden zu sein. Personen sind verschwunden und Ereignisse in Stillstand versunken. –

Dem ist aber nicht so! Über eine kleine Weile – und solche kurze Pausen können im Zeitengange Jahrzehnte und Jahrhunderte bedeuten – entwickeln sich aus den scheinbaren Gedankenstrichen und Buchstaben und Worten, welche in deutlicher Lesbarkeit beweisen, dass im Übergange des Geschehenen zum Gegenwärtigen und Zukünftigen unmöglich eine auch nur sekundenlange Pause eintreten kann.

Die Gegenwart schlägt ihre Wurzel stets in die Vergangenheit. Wer die Erstere begreifen will, muss unbedingt die Letztere kennen.

(*Der verlorne Sohn I*)

»Viele Dichter und Schriftsteller schreiben gerade über das, was ihnen am Allerfernsten liegt, am Allerliebsten. Ein Prinz schreibt gern Dorfgeschichten, ein Melancholikus gern Humoresken, und ein Literat, welcher mit dem Hunger kämpft, wagt sich an das Höchste und Beste, was der Mensch zu erreichen vermag. Er träumt, es im Besitz zu haben; seine Phantasie schmückt es mit allen irdischen Werten und Schönheiten; er fühlt sich während des Schreibens als Glücklichster der Sterblichen und sinkt, wenn er die Feder fortlegt, dem Knochengespenste des Hungers und des Elendes wieder in die Arme.«

(*Der verlorne Sohn I*)

Man sprach und spricht noch heut sehr oft davon, dass die Indianer große Goldlager gekannt haben oder noch kennen, welche sie weder selbst ausbeuten noch den Weißen verraten. Selbst der qualvollste Tod könne sie nicht bewegen, ein solches Geheimnis mitzuteilen. Nun haben zahlreiche Schriftsteller, welche nie über den Ozean gekommen sind und von den Indianern und deren Verhältnissen überhaupt keine blasse Ahnung besitzen, diese Sage aufgegriffen und unsere Literatur mit einer Menge von Büchern – – – ja nicht etwa bereichert, in denen regelmäßig von der Entdeckung solcher verborgener Goldlager erzählt wird. Die Herren Verfasser haben sogar sehr häufig die Güte, mir ihre Machwerke mit der Bitte einzusenden, ein Vorwort dazu zu schreiben oder ihnen in sonst irgend einer Weise in Beziehung auf den »wohlverdienten« Absatz beizuspringen. Mich ekelt sehr oft schon der Titel an, und wenn ich mich trotzdem überwinde und einen Blick auf den Inhalt werfe, so dauert es gewöhnlich nur kurze Zeit, bis ich das Dings zuklappe, um es dem Verfasser wieder zuzustellen. Eigentlich sollte man solche nichtsnutzige oder gar schädliche Schreibereien gleich verbrennen dürfen, zumal sie ja meist für die Jugend bestimmt sind, ohne dass der Verfasser zu wissen scheint, dass für diese das Beste eben nur grad gut genug ist.

Ich habe eben jetzt so eine Lehrjungenarbeit zugeschickt bekommen, welche den Titel »Der König der Illoris« führt und drüben in den Felsengebirgen spielt. Nun frage ich, wo es einen Stamm dieses Namens gibt. Der Herr Verfasser, von welchem leider, leider schon mehrere Indianergeschichten für die Jugend, und noch dazu von einer hervorragenden Verlagsbuchhandlung, veröffentlicht worden sind, weiß nicht einmal, dass die Indianer nicht von Königen regiert werden, sondern sich selbst ihre Häuptlinge wählen, die sie ebensogut wieder absetzen können. Und das ist bloß der Titel! Der Inhalt bringt ein fortwährendes Blutvergießen; jede Person, mit welcher der Verfasser nichts mehr anzufangen weiß, lässt er ermorden; da ist er sie doch los. Die Namen sollen indianische sein, kommen aber in keiner einzigen Sprache der Erde vor, weil er sie alle erfunden hat. Was von dieser Erzählung verdaulich ist, hat er mir nachgemacht. Er bringt genau eine so innige Freundschaft, wie zwischen Winnetou und mir herrschte, ferner meinen Jagdhieb, meinen Henrystutzen, meinen Hengst, natürlich aber unter anderen Namen; ebenso kommen Doppelgänger von Old Firehand, Sam Hawkens, Dick Stone, Bill Bulcher, den beiden Toasts u.s.w. vor; aber alles, was er von ihnen erzählt, hat oder hätte da drüben in den Felsenbergen ganz unmöglich geschehen können. Er besitzt auch nicht eine Spur von Kenntnis der dortigen Verhältnisse und spricht von ihnen in der Weise, in welcher ein Kaffer* etwa über das Parallelogramm der Kräfte oder die Absorption des Sternenlichtes sprechen würde, falls er gezwungen wäre, zu verschweigen, dass er überhaupt nichts davon weiß. Dass ein solches Buch keinen Nutzen, sondern nur Schaden bringen kann, versteht sich ganz von selbst, dennoch kann ich nur meine Empfehlung verweigern, habe aber keine Macht, den Druck desselben zu verhindern. Der Verleger ist zwar in Beziehung seiner Kenntnisse über die Indianer ebenso ein Idiot wie der Verfasser, aber ein gewandter Geschäftsmann und wird Tausende von Exemplaren verkaufen, ohne sich ein Gewissen daraus zu machen, dass er den wohlberechtigten Wissensdurst der Jugend benutzt hat, sein ungesundes Mischmasch zu teurem Preise an den Mann zu bringen.

(*»Weihnacht!«*)

Mein Lieblingsthema, meine Armut und wer weiß was sonst noch für gute oder nicht gute Gründe, »drückten mir«, wie berufene Dichter zu sagen pfle-

* Ungebildeter.

gen, »die Feder in die Hand«; ich setzte mich abermals hin und brachte ein Gedicht von 32, schreibe und sage mit Worten: zweiunddreißig vierzeiligen Strophen zu Papier. Es ist jedermann, besonders aber jedem Redakteur bekannt, dass ein Gedicht, je länger es ist, desto leichter in den Papierkorb wandert, und auch ich wusste wenigstens, dass der Wert eines Poems nicht mit seiner Länge zu wachsen pflegt; aber nach der Disposition*, die ihm zu Grunde lag, hatte es eben nicht kürzer werden können; im Gegenteile, wenn ich alle Gedanken, die mir gekommen waren, niedergeschrieben hätte, wären es wohl tausend Zeilen geworden.

(*»Weihnacht!«*)

Mag man mich immerhin auslachen; ich habe den Mut, es ruhig hinzunehmen; aber indem ich hier an meinem Tische sitze und diese Zeilen niederschreibe, bin ich vollständig überzeugt, dass meine Unsichtbaren mich umschweben und mir, schriftstellerisch ausgedrückt, die Feder in die Tinte tauchen. Und wenn, was sehr häufig der Fall ist, ein Leser, der in der Irre ging, durch eines meiner Bücher auf den richtigen Weg gewiesen wird, so kommt sein Schutzengel zu dem meinigen, und beide freuen sich über die glück-

* Anlage, Plan.

lichen Erfolge ihres Einflusses, unter welchem ich schrieb und der andere las. Das sage ich nicht etwa in selbstgefälliger Überhebung, o nein! Wer da weiß, dass er sein Werk nur zum geringsten Teile sich selbst verdankt, der kann nicht anders als demütig und bescheiden sein, und ich trete mit dieser meiner Anschauung nur deshalb vor die Öffentlichkeit, weil in unserer materiellen Zeit, in unserem ideals- und glaubenslosen *fin de siècle* nur selten jemand wagt, zu sagen, dass er mit diesem Leugnen und Verneinen nichts zu schaffen habe.

(*Old Surehand III*)

»Aus welchem Lande sind Sie, mein Herr?«

»Aus Deutschland.«

»Ah«, meinte er naiv, »das ist ein sehr friedliches Land, in welchem die Bewohner nichts tun, als Bücher lesen und viel Kaffee trinken. Woher kommen Sie? Sind Sie vielleicht auch ein Kaufmann wie ich?«

»Nein. Ich reise, um über die Länder, welche ich sehe, Bücher zu schreiben, die dann zum Kaffee gelesen werden. Ich komme von Bagdad und will nach Damaskus.«

»Aber Sie tragen ja anstatt des Schreibzeuges so viele Waffen bei sich!«

»Weil ich mich mit dem Schreibzeuge wohl

schwerlich gegen die Beduinen verteidigen könnte, welche den von mir eingeschlagenen Weg unsicher machen.«

»Das ist wahr«, nickte der Mann, der sich einen Schriftsteller nicht anders vorgestellt zu haben schien, als mit einer gigantischen Feder hinter dem Ohre, ein Sattelpult vor sich und zu jeder Seite des Pferdes ein riesiges Tintenfass.

(*Von Bagdad nach Stambul*)

Es wurden Erlebnisse und Episoden erzählt, welche der geistreichste Schriftsteller sich nicht ersinnen könnte, denn das Leben ist und bleibt der phantasiereichste Literat.

(*Old Surehand III*)

Ich liebe es nicht, als Schriftsteller zu gelten, der seine Erfolge im Sensationellen, Blutigen oder Schaudererweckenden sucht.

(*Winnetou IV*)

Man meint, dass solche oder ähnliche Szenen nur in Romanen vorkommen können; das ist sehr richtig, denn – – das Leben ist der fruchtbarste und phantasiereichste Romanschreiber, welcher nicht, um eine

Karl May als Kara Ben Nemsi

unmögliche Situation zu ersinnen, ein dutzend Gänsefedern zerkauen muss.

(*Im Lande des Mahdi I*)

»Die Dichter sind lauter Lügenschelme. Sie heißen ja nur darum Dichter, weil sie die Lügen alle Tage dicker und dichter machen.«

(*Der Weg zum Glück I*)

»Sie haben recht; ich bin ein Federfuchser.«

(*»Weihnacht!«*)

»Das ist ein Wunder!«

(*In den Cordilleren*)

[...] aber man sage mir nicht, dass keine Wunder mehr geschehen.

(*Im Lande des Mahdi III*)

»Sennor, wenn das kein Roman ist, so gibt es überhaupt keinen Roman.«

(*Am Rio de la Plata*)

»Mein Gott! Ist es denn wirklich möglich, dass solche Dinge geschehen können? Ich habe geglaubt, dass sie nur in blutrünstigen Romanen vorkommen!«

(*»Weihnacht!«*)

»Du bist ein Dichter und schreibst Bücher; darum hältst du es gern mit allen Höhen und Spitzen, wo es nichts zu essen gibt. Aber wir, die wir keine Dichter sind und auch keine Bücher schreiben, wir gehören hinunter auf die ebene, sichere Erde und ziehen den Duft eines guten Bratens den fettesten Reimen und den dicksten Büchern vor.«

(*Ardistan und Dschinnistan II*)

»Weißt du, Vater, an wen ich jetzt denke?« sagte sie. »An Karl May. Ich habe seine drei Bände ›Im Lande des Mahdi‹ gelesen, und – – – «

»Lies nicht das dumme Zeug von diesem May!« unterbrach er sie rasch und schnarrend. »Dieser Schriftsteller hat nichts als Phantasie, und du weißt, dass mir seine weichliche Frömmigkeit widerwärtig ist! Wie kommst du dazu, grad jetzt an ihn zu denken?«

(*Und Friede auf Erden!*)

IV
»Lieber Leser ...«

Ein Greenhorn

Lieber Leser, weißt du, was das Wort Greenhorn bedeutet? – – eine höchst ärgerliche und despektierliche Bezeichnung für denjenigen, auf welchen sie angewendet wird.

Green heißt grün, und unter horn ist Fühlhorn gemeint. Ein Greenhorn ist demnach ein Mensch, welcher noch grün, also neu und unerfahren im Lande ist und seine Fühlhörner behutsam ausstrecken muss, wenn er sich nicht der Gefahr aussetzen will, ausgelacht zu werden.

Ein Greenhorn ist ein Mensch, welcher nicht von seinem Stuhle aufsteht, wenn eine Lady sich auf denselben setzen will, welcher den Herrn des Hauses grüßt, ehe er der Mistress und Miss seine Verbeugungen gemacht hat, welcher beim Laden des Gewehres die Patrone verkehrt in den Lauf schiebt oder erst den Pfropfen, dann die Kugel und zuletzt das Pulver in den Vorderlader stößt. Ein Greenhorn spricht entweder gar kein oder ein sehr reines und geziertes Englisch; ihm ist das Yankee-Englisch oder gar das Hinterwälder-Idiom ein Greuel; es will ihm nicht in den Kopf und noch viel weniger über die Zunge. Ein Greenhorn hält ein Racoon* für ein Opossum** und eine leidlich hübsche Mulattin*** für eine Quadroone†. Ein Greenhorn raucht Zigaretten und verabscheut den tabakssaftspeienden Sir. Ein Greenhorn läuft, wenn er von Paddy[1] eine Ohrfeige erhalten hat, mit seiner Klage zum Friedensrichter, anstatt, wie ein richtiger Yankee tun soll, den Kerl einfach und auf der Stelle niederzuschießen. Ein Greenhorn hält die Stapfen eines Turkey†† für eine Bärenfährte und eine schlanke Sportjacht für einen Mississippisteamer. Ein Greenhorn geniert sich, seine schmutzigen Stiefel auf die Knie seines Mitpassagiers zu legen und seine Suppe mit dem Schnaufen eines verendenden Büffels hinab zuschlürfen. Ein Greenhorn schleppt der Reinlichkeit wegen einen Waschschwamm von der Größe eines Riesenkürbis und zehn Pfund Seife mit in die Prairie und steckt sich dazu einen Kompass bei, welcher schon am dritten oder vierten Tage nach allen möglichen andern Richtungen, aber nie mehr nach Norden zeigt. Ein Greenhorn notiert sich achthun-

1 Irländer.

* Waschbär.
** nordamerikanische Beutelratte.
*** weiblicher Nachkomme eines weißen und eines schwarzen Elternteils.
† Tochter eines Weißen und einer Mulattin.
†† Truthahn.

dert Indianerausdrücke, und wenn er dem ersten Roten begegnet, so bemerkt er, dass er diese Notizen im letzten Couverte* nach Hause geschickt und dafür den Brief aufgehoben hat. Ein Greenhorn kauft Schießpulver, und wenn er den ersten Schuss tun will, erkennt er, dass man ihm gemahlene Holzkohle gegeben hat. Ein Greenhorn hat zehn Jahre lang Astronomie studiert, kann aber ebenso lang den gestirnten Himmel angucken, ohne zu wissen, wie viel Uhr es ist. Ein Greenhorn steckt das Bowiemesser so in den Gürtel, dass er, wenn er sich bückt, sich die Klinge in den Schenkel sticht. Ein Greenhorn macht im wilden Westen ein so starkes Lagerfeuer, dass es baumhoch emporlodert, und wundert sich dann, wenn er von den Indianern entdeckt und erschossen worden ist, darüber, dass sie ihn haben finden können. Ein Greenhorn ist eben ein Greenhorn – – – und ein solches Greenhorn war damals auch ich.

Aber man denke ja nicht etwa, dass ich die Überzeugung oder auch nur die Ahnung gehabt hätte, dass diese kränkende Bezeichnung auf mich passe! O nein, denn es ist ja eben die hervorragendste Eigentümlichkeit jedes Greenhorns, eher alle andern Menschen, aber nur nicht sich selbst für ›grün‹ zu halten.

Ich glaubte ganz im Gegenteile, ein außerordent-

* Briefumschlag.

lich kluger und erfahrener Mensch zu sein; hatte ich doch, so was man zu sagen pflegt, studiert und nie vor einem Examen Angst gehabt! Dass dann das Leben die eigentliche und richtige Hochschule ist, deren Schüler täglich und stündlich geprüft werden und vor der Vorsehung zu bestehen haben, daran wollte mein jugendlicher Sinn damals nicht denken. Unerquickliche Verhältnisse in der Heimat und ein, ich möchte sagen, angeborener Tatendrang hatten mich über den Ozean nach den Vereinigten Staaten getrieben, wo die Bedingungen für das Fortkommen eines strebsamen jungen Menschen damals weit bessere und günstigere waren als heutzutage. Ich hätte in den Oststaaten recht wohl ein gutes Unterkommen gefunden, aber es trieb mich nach dem Westen.

(*Winnetou I*)

Lieber Leser, bist du eine so empfindsame Natur, dass es dir möglich ist, mir nachzufühlen, wie es ist, wenn man aus einer tiefen Betäubung erwacht und dabei zu der freundlichen Erkenntnis kommt, dass man einen Dummkopf besitzt, der so unbedachtsam gewesen ist, einen niedersausenden Gewehrkolben aufzufangen? Ich sage mit Absicht, »einen Dummkopf«, denn dümmer als nach einem solchen Hiebe kann es keinem menschlichen Kopfe sein! Zunächst fühlt man ihn gar nicht; man lebt nur bis zum Hals

Werbebeilage des Fehsenfeld Verlags, 1897

herauf und kommt erst nach und nach durch ein gewisses Summen und Brummen zu der Einsicht, dass man nicht gänzlich geköpft, sondern nur an den obersten Teil des Körpers geschlagen worden ist. Dass dieser Teil der Kopf ist, wird einem nicht sogleich, sondern erst dann – – nicht klar, sondern einstweilen noch unklar, wenn das Brummen sich in ein Drücken und Schrauben verwandelt, als ob der in eine Weinpresse gespannte Schädel mit einem halben oder auch ganzen Gros* Pfropfenzieher bearbeitet werde. Im nächsten Stadium bringt jeder Pulsschlag, welcher das Gehirn mit Blut versorgt, das Gefühl hervor, als ob man mit dem Kopfe unter den Stampfen einer Ölmühle oder eines Hammerwerkes liege, und dazwischen wühlen Löwenkrallen im Domizile des Verstands herum. Ich sehe ein, dass es eines intelligenten Menschen unwürdig ist, den Zustand zu beschreiben, in welchem man sich nach einem solchen Hiebe befindet; ich will nur sagen: dumm, im höchsten Grade dumm!

So erging es auch mir. Nachdem ich die oben beschriebenen Grade durchgemacht hatte, bekam ich alle möglichen Farben, vielleicht auch Röntgens Strahlen, vor die Augen, und die Brandung von hundert Meeresküsten tobte mir um die Ohren. Ich konnte weder sehen noch hören und tat, was in die-

* zwölf Dutzend: 144.

sem Falle das Beste und Allergescheiteste war; ich fiel in die Betäubung zurück.

(*Old Surehand III*)

Nicht wahr, lieber Leser, ich bin doch ein ganz übermäßig frommer Mensch? So wirst du vielleicht denken; aber du wirst dich da wohl irren. Übermäßig? Nein! Die wahre Frömmigkeit kennt kein Übermaß; sie kann überhaupt gar nicht gemessen werden. Ich bin ein stets gern seelenvergnügter, heiterer Gesell und weiß gar wohl, wem ich diese Heiterkeit verdanke. Du darfst es mir wirklich nicht übelnehmen, dass ich das, was ich drüben im wilden Westen dachte und fühlte, hier in der von der »Zivilisation« gebändigten Heimat niederschreibe. Was ich da drüben getan und erlebt habe, das waren doch Ergebnisse meiner Gedanken und Gefühle, und wenn ich dir die Folgen erzähle, darf ich doch die Ursachen nicht verschweigen! Überdies hat jeder Leser das Recht, seinem Autor in das Herz zu blicken, und dieser ist verpflichtet, es ihm stets offen zu halten. So gebe ich dir das meine. Ist es dir recht, so soll mich's freuen; magst du es nicht, so wird es dir dennoch stets geöffnet bleiben. Soll ein Buch seinen Zweck erreichen, so muss es eine Seele haben, nämlich die Seele des Verfassers. Ist es bei zugeknöpftem Rock geschrieben, so mag ich es nicht lesen.

(*Old Surehand III*)

Lieber Leser, hast du vielleicht einmal die Augen so voller Sand gehabt, dass auch nicht ein einziges Körnchen mehr Platz gefunden hätte? Nein? Ich auch nicht alle Tage, dafür aber damals so gründlich wie nur möglich. Ich will nicht behaupten, dass dadurch ein gefährlicher Zustand hervorgerufen werde, aber unangenehm, höchst unangenehm ist er auf alle Fälle. Und wenn man dazu gefesselt ist, so dass man den geblendeten Augen nicht mit den Händen zu Hilfe kommen kann, und sich von Menschen umgeben weiß, denen alles andere, nur nichts Gutes, ja sogar das Schlimmste zuzutrauen ist, so ist das nichts weniger als eine Erleichterung zu nennen.

(*Im Reiche des silbernen Löwen II*)

Für Leser, welche gern Alles wissen, auch so nebensächliche Dinge, erkläre ich hierdurch mit größter Feierlichkeit, dass die Zensur, die ich den Bärentatzen gab, auf IIa lautete. Das Herzle ist zwar meine Frau, und ich wäre also wohl verpflichtet gewesen, ihr eine »I mit Stern« zu verleihen; aber das wäre geschmeichelt und also unwahr gewesen, und hierzu gebe ich mich sogar in Küchenangelegenheiten nicht her. Hätte Klärchen die Tatzen trotz der lebhaften Mithilfe Pappermanns verdorben gehabt, so wäre es mir überhaupt nicht eingefallen, ihr eine Zensur zu erteilen, denn nach Paragraph 51 der »Strafprozessordnung für das Deutsche Reich vom 1. Februar 1877« habe ich in allen derartig heiklen Fällen als Ehemann das Recht, meine Aussage zu verweigern. Aber die Leistung war keine schlechte. Sie stand vielmehr, besonders was die beigefügten Wacholderbeeren, die Pilze und den Beifuß betrifft, so hoch über dem Niveau der Gewöhnlichkeit, dass ich unbedingt zu einer I oder gar einer Ia gegriffen hätte, wenn die Tatzen noch zwei bis drei Tage älter gewesen wären. Der Grund lag also nicht am Herzle, sondern die Tatzen selbst waren schuld. Wenn ich hierdurch zu einer IIa gezwungen wurde, so fühle ich mich stark verpflichtet, der Wahrheit gemäß hinzuzufügen, dass sich die II nur auf den Bär, das a aber nur auf meine Frau bezieht.

(*Winnetou IV*)

Komm, lieber Leser, komm! Ich führe Dich hinauf in das Gebirge. Du kannst getrost im Geiste mit mir gehen. Der Weg ist mir seit langer Zeit bekannt.

Ich baute ihn vor nun fast dreißig Jahren, und Viele, Viele kamen, die meine Berge kennen lernen wollten, doch leider nur, um sich zu unterhalten! Dass es auch Höhen gibt, in denen man nach geistgem Erze schürft, das sahen sie bei offnen Augen nicht, und darum ist es unentdeckt geblieben.

Ich führte sie dann einen anderen Weg, der von der

Karl May am Schreibtisch

flachen Wüste aufwärts stieg, durch fremdes Land und fremde Völker führte und oben enden wird bei Marah Durimeh*. Auf diesem Weg begann man, zu begreifen. Man sah nun endlich ein, was die Erzählung ist: nur das Gewand für geistig frohes Forschen. Man hat gelernt, zum Sinn hinabzusteigen, der uns des Erzes Adern, der Tiefe Reichtum zeigt. Wer das ihm Nahe nicht verstehen will, den muss man klüglich in die Ferne leiten, wenn auch auf die Gefahr, dabei verkannt zu werden!

(Vorwort zu den *Erzgebirgischen Dorfgeschichten*, 1903)

* symbolisch-allegorische Idealgestalt Karl Mays, hehre kurdische Greisin.

V

Skurrile Gestalten

Hadschi Halef Omar

»Und ist es wirklich wahr, Sihdi[1], dass du ein Giaur bleiben willst, ein Ungläubiger, welcher verächtlicher ist als ein Hund, widerlicher als eine Ratte, die nur Verfaultes frisst?«

»Ja.«

»Effendi, ich hasse die Ungläubigen und gönne es ihnen, dass sie nach ihrem Tode in die Dschehenna* kommen, wo der Teufel wohnt; aber dich möchte ich retten vor dem ewigen Verderben, welches dich ereilen wird, wenn du dich nicht zum Ikrar bil Lisan, zum heiligen Zeugnisse, bekennst. Du bist so gut, so ganz anders als andere Sihdis, denen ich gedient habe, und darum werde ich dich bekehren, du magst wollen oder nicht.«

So sprach Halef, mein Diener und Wegweiser, mit dem ich in den Schluchten und Klüften des Dschebel Aures herumgekrochen und dann nach dem Dra el Hauna heruntergestiegen war, um über den Dschebel Tarfaui nach Seddada, Kris und Dgasche zu kom-

1 Herr.

* Hölle.

men, von welchen Orten aus ein Weg über den berüchtigten Schott Dscherid nach Fetnassa und Kbilli führt.

Halef war ein eigentümliches Kerlchen. Er war so klein, dass er mir kaum bis unter die Arme reichte, und dabei so hager und dünn, dass man hätte behaupten mögen, er habe ein volles Jahrzehnt zwischen den Löschpapierblättern eines Herbariums in fortwährender Pressung gelegen. Dabei verschwand sein Gesichtchen vollständig unter einem Turban, der drei volle Fuß im Durchmesser hatte, und sein einst weiß gewesener Burnus, welcher jetzt in allen möglichen Fett- und Schmutznuancen schimmerte, war jedenfalls für einen weit größeren Mann gefertigt worden, so dass er ihn, sobald er vom Pferde gestiegen war und nun gehen wollte, empornehmen musste wie das Reitkleid einer Dame. Aber trotz dieser äußeren Unansehnlichkeit musste man allen Respekt vor ihm haben. Er besaß einen ungemeinen Scharfsinn, viel Mut und Gewandtheit und eine Ausdauer, welche ihn die größten Beschwerden überwinden ließ. Und da er auch außerdem alle Dialekte sprach, welche zwischen dem Wohnsitze der Uëlad Bu Seba und den Nilmündungen erklingen, so kann man sich denken, dass er meine vollste Zufriedenheit besaß, so dass ich ihn mehr als Freund denn als Diener behandelte.

Eine Eigenschaft besaß er nun allerdings, welche

mir zuweilen recht unbequem werden konnte: er war ein fanatischer Muselmann und hatte aus Liebe zu mir den Entschluss gefasst, mich zum Islam zu bekehren. Eben jetzt hatte er wieder einen seiner fruchtlosen Versuche unternommen, und ich hätte lachen können, so komisch sah er dabei aus.

Ich ritt einen kleinen, halb wilden Berberhengst, und meine Füße schleiften dabei fast am Boden; er aber hatte sich, um seine Figur zu unterstützen, eine alte, dürre, aber himmelhohe Hassi-Ferdschahn-Stute ausgewählt und saß also so hoch, dass er zu mir herniederblicken konnte. Während der Unterhaltung war er äußerst lebhaft; er wedelte mit den bügellosen Beinen, gestikulierte mit den dünnen, braunen Ärmchen und versuchte, seinen Worten durch ein so lebhaftes Mienenspiel Nachdruck zu geben, dass ich alle Mühe hatte, ernst zu bleiben.

(*Durch die Wüste*)

Sam Hawkens

Ich gestehe offen zu, dass ich, als mein Auge verwundert auf ihm ruhte, wohl nicht sehr geistreich ausgesehen haben mag. Eine solche Gestalt hatte ich denn doch noch nicht gesehen; später freilich habe ich noch ganz andere kennen gelernt. War der Mann schon an sich auffällig genug, so wurde dieser Eindruck dadurch erhöht, dass er hier in dem feinen Parlour* ganz genau so stand, wie er draußen in der Wildnis gestanden haben würde, nämlich ohne die Kopfbedeckung abzunehmen und mit dem Gewehre in der Hand. Man denke sich folgendes Äußere:

Unter der wehmütig herabhängenden Krempe eines Filzhutes, dessen Alter, Farbe und Gestalt selbst dem schärfsten Denker einiges Kopfzerbrechen verursacht haben würden, blickte zwischen einem Walde von verworrenen, schwarzen Barthaaren eine Nase hervor, welche von fast erschreckenden Dimensionen war und jeder beliebigen Sonnenuhr als Schattenwerfer hätte dienen können. Infolge dieses gewaltigen Bartwuchses waren außer dem so verschwenderisch ausgestatteten Riechorgane von den übrigen Gesichtsteilen nur die zwei kleinen, klugen Äuglein zu bemerken, welche mit einer außerordentlichen Beweglichkeit begabt zu sein schienen und mit einem Ausdrucke von schalkhafter List auf mir ruhten. Der Mann betrachtete mich ebenso aufmerksam wie ich ihn; später erfuhr ich den Grund, warum er sich so für mich interessierte.

Diese Oberpartie ruhte auf einem Körper, welcher bis auf die Knie herab unsichtbar blieb und in einem alten, bockledernen Jagdrocke stak, der augenscheinlich für eine bedeutend stärkere Person angefertigt

* gute Stube, Salon.

worden war und dem kleinen Manne das Aussehen eines Kindes gab, welches sich zum Vergnügen einmal in den Schlafrock des Großvaters gesteckt hat. Aus dieser mehr als zulänglichen Umhüllung guckten zwei dürre, sichelkrumme Beine hervor, welche in ausgefransten Leggins steckten, die so hochbetagt waren, dass sie das Männchen schon vor zwei Jahrzehnten ausgewachsen haben musste, und die dabei einen umfassenden Blick auf ein Paar Indianerstiefel gestatteten, in denen zur Not der Besitzer in voller Person hätte Platz finden können.

In der Hand trug dieser ›berühmte Westmann‹ eine Flinte, welche ich wohl nur mit der äußersten Vorsicht angefasst hätte; sie war einem Knüppel viel ähnlicher als einem Gewehre. Ich konnte mir in diesem Augenblicke keine größere Karikatur eines Priaiejägers denken, doch sollte keine lange Zeit vergehen, bis ich den Wert dieses originellen Männchens vollauf erkennen lernte.

Nachdem er mich genau betrachtet hatte, fragte er den Büchsenmacher mit einer dünnen Stimme, die wie eine Kinderstimme klang:

»Ist dies das junge Greenhorn, von dem Ihr mir erzählt habt, Mr. Henry?«

»Yes«, nickte dieser.

»Well! Gefällt mir gar nicht übel. Hoffe, dass Sam Hawkens ihm auch gefallen wird, hihihihi!«

Mit diesem feinen, ganz eigenartigen Lachen, welches ich später noch tausendmal von ihm gehört habe, wendete er sich nach der Tür, die sich in diesem Augenblicke öffnete. Der Herr und die Dame des Hauses traten ein und begrüßten den Jäger in einer Weise, welche vermuten ließ, dass sie ihn schon einmal gesehen hatten. Das war hinter meinem Rücken geschehen. Dann luden sie uns ein, in das Speisezimmer zu treten.

Wir folgten dieser Aufforderung, wobei Sam Hawkens zu meinem Erstaunen gar nicht vorher ablegte. Erst als wir unsere Plätze an der Tafel angewiesen erhielten, sagte er, indem er auf seinen alten Schießprügel deutete:

»Ein richtiger Westmann lässt sein Gewehr niemals aus den Augen und ich meine brave Liddy erst recht nicht. Werde sie dort an die Gardinenrosette hängen.«

Also Liddy nannte er sein Gewehr! Später erfuhr ich freilich, dass es die Gewohnheit vieler Westläufer ist, ihr Gewehr wie ein lebendes Wesen zu behandeln und ihm einen Namen zu geben. Er hing es an die genannte Stelle und wollte den famosen Hut hinzufügen; als er ihn abnahm, blieb zu meinem Entsetzen sein ganzes Kopfhaar an demselben hängen. Es war wirklich zum Erschrecken, welchen Anblick nun sein hautloser, blutigroter Schädel bot. Die Lady schrie laut auf, und die Kinder kreischten, was sie konnten. Er aber wandte sich zu uns um und sagte ruhig:

»Erschreckt nicht, Myladies und Mesch'schurs; es ist ja weiter nichts! Hatte meine eigenen Haare mit vollem Rechte und ehrlich von Kindesbeinen an getragen, und kein Advokat wagte es, sie mir streitig zu machen, bis so ein oder zwei Dutzend Pawnees über mich kamen und mir die Haare samt der Haut vom Kopfe rissen. War ein verteufelt störendes Gefühl für mich, habe es aber glücklich überstanden, hihihihi! Bin dann nach Tekama gegangen und habe mir einen neuen Skalp gekauft, wenn ich mich nicht irre; wurde Perücke genannt und kostete mich drei dicke Bündel Biberfelle. Schadet aber nichts, denn die neue Haut ist viel praktischer als die alte, besonders im Sommer; kann sie abnehmen, wenn mich schwitzt, hihihihi.«

Er hing den Hut zur Flinte und stülpte sich die Perücke wieder auf den Kopf. Dann zog er den Rock aus und legte ihn über einen Stuhl. Dieser Rock war viele, viele Male geflickt und ausgebessert worden, immer ein Lederfetzen wieder auf den andern genäht, und dadurch hatte dieses Kleidungsstück eine Steifheit und Dicke erlangt, dass wohl kaum ein Indianerpfeil hindurchkommen konnte.

(*Winnetou I*)

»Sie befinden sich in Gefahr, Herr Kantor!«

»Bitte, bitte, Kantor emeritus*! In Gefahr? Das geht mich nichts an. Für Musensöhne gibt es nur die eine Gefahr, dass ihre Schöpfungen nicht anerkannt werden; ich kann aber hier weder applaudiert noch deploriert** werden, weil niemand meine Kompositionen kennt, welche übrigens nur erst in meinem Kopfe, aber noch nicht in Partitur vorhanden sind.«

»Also Sie komponieren?«

»Ja, bei Tag und Nacht.«

»Was?«

»Eine große Oper für drei Theaterabende in zwölf Akten, für jeden Abend vier Akte; wissen Sie, so eine Trilogie wie der ›Ring der Nibelungen‹ von Richard Wagner, diesesmal aber nicht von ihm, sondern von mir, dem Herrn Kantor emeritus Matthäus Aurelius Hampel aus Klotzsche bei Dresden.«

»Können Sie das denn nicht daheim komponieren? Was treibt Sie denn da nach Amerika, noch dazu nach Arizona, dem gefährlichsten Teil des wilden Westens?«

»Wer mich treibt? Der Geist, die Muse, wer denn

* nicht mehr im Amt.
** beklagen.

anders? Der begnadete Musensohn muss den Eingebungen der Göttin folgen.«

»Das verstehe ich nicht. Ich folge keiner Göttin, sondern meinem Verstande.«

»Weil Sie kein Begnadeter sind. Mit Verstand komponiert man keine Oper, sondern mit Generalbass und Kontrapunkt, wenn nämlich ein passendes Libretto, ein Text vorhanden ist. Und dieser Text, der ist eben die Spannfeder, die mich herübergeschwippst hat nach Amerika.«

»Wieso, Herr Kantor?«

»Bitte wiederholt recht sehr: Kantor emeritus! Es ist wirklich nur der Vollständigkeit halber. Man könnte denken, dass ich noch immer zu Klotzsche bei Dresden die Orgel spielen muss, während ich doch schon seit zwei Jahren einen Nachfolger habe. Meine Oper ist nämlich im Kopfe vollständig fertig; aber es fehlt mir der passende Text dazu. Ich habe mich mit berühmten Dichtern in Verbindung gesetzt, zum Beispiel mit Herrn Zuckerkrach in Wien, der einen sehr schönen Gespensterroman, und mit Herrn von Kuchenbruch in Halle, welcher eine sehr lebhafte Ode an den Meerbusen von Biscaya geschrieben hat. Sie haben mir unter die Arme gegriffen, aber nicht poetisch genug. Ich will Hexameter komponieren, aber keine Jamben. Auch waren sie mir viel zu zart, zu lyrisch, zu butterig weich, denn ich brauche einen kräftigen, einen gigantischen, einen zyklopischen Text, denn meine Oper soll eine Heldenoper werden. Da habe ich mich also selbst nach Helden umsehen müssen, aber leider keine recht geeigneten gefunden. Die Helden von Rottecks Weltgeschichte sind nämlich schon viel zu sehr abgedroschen worden; ich aber will neue, originale Helden, die noch nicht zwischen den Kulissen und Soffitten* gestanden haben. Da lebt nun in der Nähe von Dresden zuweilen mein Freund und Gönner Hobblefrank, und der – – –«

»Der Hobblefrank lebt dort? Den kennen Sie?« fiel Sam schnell und überrascht ein.

»Ja. Sie auch?«

»Sehr gut sogar, sehr gut! Weiter, weiter!«

»Und der hat mich auf solche Helden, wie ich sie brauche, aufmerksam gemacht.«

»Wohl auf sich selbst?«

»Auch mit.«

»Auf wen noch, Herr Kantor?«

»Ich ersuche Sie nun schon zum vierten- oder gar zum fünftenmal: Herr Kantor emeritus! Es ist gewiss und wahrhaftig nur der Vollständigkeit wegen. Man könnte sonst denken, ich messe mir ein Amt an, in welchem ich mich nun schon seit zwei Jahren nicht mehr befinde. Also der Hobblefrank, über den wir

* vom Schnürboden im Theater herabhängendes Deckendekorationsstück.

übrigens noch weiter sprechen werden, hat mich auf solche für mich passende Helden aufmerksam gemacht, zunächst natürlich auf sich selbst und sodann in zweiter Linie auf drei andre Männer, mit denen er früher hier im wilden Westen ganz außerordentliche Taten verrichtet hat und wahrscheinlich jetzt wieder zusammengetroffen ist.«

»Wer sind diese Leute?«

»Ein Apachenhäuptling, welcher Winnetou heißt, und zwei berühmte weiße Prairiejäger, namens Old Shatterhand und Old Firehand.«

»Good lack! Das sind allerdings die allerberühmtesten Gentlemen, die ich kenne!«

»Wie? Auch Sie kennen dieselben?«

»Und ob! Wer sollte die nicht kennen! Und wer noch nicht das Glück gehabt hat, sie zu sehen, dem ist, mag er sein, wer er will, doch so viel von ihnen erzählt worden, dass er sie beinahe so gut kennt, als ob er mit ihnen beisammengewesen wäre.«

»So könnten auch Sie mir von ihnen erzählen?«

»Will es meinen! Ich, und nichts von ihnen wissen, hihihihi! Ich sage Ihnen, dass Sie von mir so viel über diese Gents* hören können, dass Sie zwanzig Opern davon zu komponieren imstande sind. Die Musik dazu müssen Sie sich freilich selber machen.«

(*Der Ölprinz*)

* englische Kurzform von »Gentlemen«.

Titelbild der ersten Buchausgabe von *Der Ölprinz*, 1897

Seine Kopfbedeckung war weder Hut noch Mütze noch Haube, und doch konnte man sie mit jedem dieser Worte bezeichnen. Sie bestand aus fünf verschieden geformten Lederstücken. Das mittlere, welches auf dem Kopfe saß, hatte die Gestalt eines umgestülpten Napfes; das vordere beschattete die Stirn, und sollte jedenfalls eine Art von Schirm oder Krempe sein; das vierte und fünfte waren breite Klappen, welche die Ohren bedeckten.

Der Rock war sehr lang und außerordentlich weit. Er war aus lauter ledernen Flicken und Flecken zusammengesetzt, einer immer auf und über den andern genäht. Keiner dieser Flecken trug das gleiche Alter; man sah ihnen vielmehr an, dass sie so nach und nach, zu den verschiedensten Zeiten, vereinigt worden waren. Vorn waren die Ränder dieses Rockes mit kurzen Riemen versehen, welche zusammengebunden waren, auf welche Weise die mangelnden Knöpfe ersetzt wurden. Da die große Länge und Weite dieses außerordentlichen Kleidungsstückes das Gehen erschwerte, hatte der Mann dasselbe hinten vom unteren Saume an bis an den Leib aufgeschnitten und die beiden Hälften sich in der Weise um die Beine gebunden, dass sie eine Pumphose bildeten, welche den Bewegungen der Tante Droll ein geradezu lächerliches Aussehen erteilte. Diese improvisierten Hosenbeine reichten bis auf den Knöchel herab. Zwei Lederschuhe bildeten die Vervollständigung nach unten hin. Die Ärmel dieses Rockes waren auch ungewöhnlich weit und dem Manne viel zu lang. Er hatte sie vorn zugenäht und weiter nach hinten zwei Löcher angebracht, aus denen er die Hände streckte. In dieser Weise bildeten die Ärmel nun zwei herabhängende Ledertaschen, in denen allerhand untergebracht werden konnte.

Die Figur des Mannes bekam durch dieses Kleidungsstück das Aussehen der Unförmlichkeit, und die Lachlust geradezu herausfordernd wirkte dazu das volle, rotwangige, ungemein freundliche Gesicht, dessen Äuglein nicht eine Sekunde lang stillstehen zu können schienen, sondern fortgesetzt in Bewegung waren, damit ihnen ja nichts entgehen möge.

Dergleichen Erscheinungen sind im Westen gar nicht etwa selten. Wer sich jahrelang in der Wildnis aufhält, hat weder Zeit noch Gelegenheit noch auch Geld, seine abgerissenen Kleidungsstücke anders als durch das zu ersetzen, was ihm durch das abgeschiedene Leben an die Hand gegeben wird, und man trifft da häufig auf berühmte Leute, deren Anzug ein solcher ist, dass anderwärts die Kinder schreiend und lachend hinterherlaufen würden.

In der Hand hatte der Mann ein doppelläufiges Gewehr, welches jedenfalls ein sehr ehrwürdiges Alter besaß. Ob er außerdem noch Waffen bei sich habe, das konnte man nur vermuten, nicht aber sehen, da der Rock die Gestalt wie ein zugebundener Sack umschloss, in dessen Innerem allerdings gar mancher Gegenstand verborgen sein konnte.

(*Der Schatz im Silbersee*)

Die ›verkehrten Toasts‹

Hammerdull und Holbers gehörten zu den Jägern, welche wir erwarteten. Auch ich erkannte sie jetzt und sprang auf. Da Winnetou und der Navajo dasselbe taten, wurden wir jetzt gesehen, und die drei Reiter blieben halten. Wir ließen unsere Pferde aufspringen, stiegen in den Sattel und ritten auf sie zu. Hammerdull und Holbers erkannten uns und kamen mit lauten Jubelrufen uns entgegengaloppiert.

Es muss gesagt werden, dass die beiden Männer so treffliche Originale waren, wie man sie im wilden Westen nur zu finden vermag. Sie wurden von allen ihren Bekannten ›die verkehrten Toasts‹ genannt. Unter Toasts versteht man bekanntlich zusammengelegte Butterbrote, und Dick und Pitt pflegten im Nahekampfe sich Rücken an Rücken aneinander zu stellen, um sich in dieser Weise ihrer Angreifer besser erwehren zu können; sie standen also nicht mit den Butterseiten zusammen; daher die Bezeichnung der ›verkehrten‹ Toasts.

Hammerdull war ein kleiner und, was im Westen sehr selten ist, außerordentlich dicker Kerl und hielt sein von Schmarren und Narben durchzogenes Gesicht soviel wie möglich stets glatt rasiert. Seine List kam seiner Verwegenheit gleich, was ihn für jeden zu einem sehr willkommenen Gefährten machte, wenngleich es mir oft lieber gewesen wäre, wenn er mehr bedachtsam als kühn gehandelt hätte. Er hatte sich die eigentümliche Redensart »ob … oder nicht … das bleibt sich gleich« angewöhnt und rief dadurch fast stets ein Lächeln auf den Gesichtern seiner Gefährten hervor.

Pitt Holbers war im Gegensatze zu ihm sehr lang und sehr dünn. Sein hageres Gesicht war – – – fast hätte ich gesagt: in einen Vollbart eingehüllt, und das wäre eine grandiose Unwahrheit gewesen, denn dieser Bart bestand aus kaum hundert Haaren, welche in einsamer Zerstreuung die beiden Wangen, Kinn und Oberlippe bewucherten und von da lang und dünn bis fast auf den Gürtel niederhingen. Es sah aus, als ob die Motten ihm neun Zehntel seines Bartes weggefressen hätten. Pitt war außerordentlich wortkarg und bedächtig, ein sehr brauchbarer Kamerad, der nur dann sprach, wenn er gefragt wurde.

(*Gott läßt sich nicht spotten* in *Auf fremden Pfaden*)

Ein hoher, grauer Zylinderhut saß auf einem dünnen, langen Kopfe, der in bezug auf Haarwuchs eine völlige Wüste war. Ein unendlich breiter, dünnlippiger Mund legte sich einer Nase in den Weg, die zwar scharf und lang genug war, aber dennoch die Absicht verriet, sich bis hinab zum Kinne zu verlängern. Der bloße, dürre Hals ragte aus einem sehr breiten, umgelegten, tadellos geplätteten Hemdkragen; dann folgte ein graukarierter Schlips, eine graukarierte Weste, ein graukarierter Rock und graukarierte Beinkleider, eben solche Gamaschen und staubgraue Stiefel. In der Rechten trug der graukarierte Mann ein Instrument, welches einer Verwalterhacke sehr ähnlich war, und in der Linken eine doppelläufige Pistole. Aus der äußeren Brusttasche guckte ein zusammengefaltetes Zeitungsblatt neugierig hervor.

»Wermyn kahwe!« schnarrte er mit einer Stimme, welche dem Tone einer Sperlingsklapper glich.

Er setzte sich auf ein Senïeh, welches eigentlich als Tisch dienen sollte, von ihm aber als Sessel gebraucht wurde. Er erhielt den Kaffee, senkte die Nase auf den Trank, schnüffelte den Duft ein, schüttete den Inhalt auf die Straße hinaus und stellte die Tasse auf den Boden.

»Wermyn tütün, gebt Tabak!« befahl er jetzt.

Er erhielt eine bereits angebrannte Pfeife, tat einen

Zug, blies den Rauch durch die Nase, spuckte aus und warf die Pfeife neben die Tasse.

»Wermyn« – – er sann nach, aber das türkische Wort wollte nicht kommen, und Arabisch verstand er vielleicht gar nicht. Daher schnarrte er kurzweg: »Wermyn Roastbeef!«

Der Kawehdschi verstand ihn nicht.

»Roastbeef!« wiederholte er, indem er mit dem Munde und allen zehn Fingern die Pantomime des Essens machte.

»Kebab!« bedeutete ich dem Wirt, welcher sogleich hinter der Türe verschwand, um die Speise zu bereiten. Sie besteht aus kleinen, viereckigen Fleischstücken, welche an einem Spieße über dem Feuer gebraten werden.

Jetzt schenkte der Engländer auch mir seine Aufmerksamkeit.

»Araber?« fragte er.

»No.«

»Türke?«

»No.«

Jetzt zog er die dünnen Augenbrauen erwartungsvoll in die Höhe.

»Englishman?«

»Nein. Ich bin ein Deutscher.«

»Ein Deutscher? Was hier machen?«

»Kaffee trinken!«

»Very well! Was sein?«

»Ich bin writer!«
»Ah! Was hier wollen in Maskat?«
»Ansehen.«
»Und dann weiter?«
»Weiß noch nicht.«
»Haben Geld?«
»Ja.«
»Wie heißen?«

Ich nannte meinen Namen. Sein Mund öffnete sich auf die Weise, dass die dünnen Lippen ganz genau ein gleichseitiges Viereck bildeten, welches die breiten, langen Zähne des Mannes sehen ließ; die Brauen stiegen noch höher empor als vorher, und die Nase wedelte mit der Spitze, als ob sie Kundschaft einziehen wolle, was das Loch unter ihr jetzt sagen werde. Dann griff er in den Rockschoß, zog ein Notizbuch hervor, blätterte darin und fuhr sodann in die Höhe, um den Hut abzunehmen und mir eine Verbeugung zu machen.

»Welcome, Sir; kenne Sie!«

(*Durch die Wüste*)

In den Fängen der ›Petersilie‹

Später bogen wir wieder nach rechts und gelangten in eine wilde Schlucht, welche in das Tal von Raola hinabzuführen schien. Hier kletterten wir eine Strecke weiter, bogen um einige Felsen und gelangten endlich an ein Bauwerk, das einem vier bis fünf Ellen hohen, kubischen Steinhaufen glich und nur eine einzige niedrige Öffnung zeigte, welche zugleich als Tür und als Fenster zu dienen schien.

Vor diesem Steinwürfel stiegen sie ab.

»Madana!« rief der eine.

Sogleich ließ sich in dem Innern der Hütte ein heiseres Grunzen vernehmen, und einige Augenblicke später trat ein altes Weib aus dem Loch hervor. Madana heißt auf deutsch: »Petersilie«. Wie die Alte zu diesem würzigen Namen gekommen war, weiß ich nicht; aber als sie jetzt ganz nahe vor mir stand, duftete sie nicht nur nach Petersilie, sondern es entströmte ihr eine Atmosphäre, welche aus den Gerüchen von Knoblauch, faulen Fischen, toten Ratten, Seifenwasser und verbranntem Hering zusammengesetzt zu sein schien. Hätte mich die Fessel nicht an dem Pferde festgehalten, so wäre ich einige Schritte zurückgewichen. Gekleidet war diese schöne Bewohnerin des Zabtales in einen kurzen Rock, den man bei uns wohl kaum als Scheuerlappen hätte benutzen mögen; der Rand desselben reichte nur wenig bis über die Knie herab und ließ ein Paar gespenstische Gehwerkzeuge sehen, deren Aussehen vermuten ließ, dass sie bereits seit langen Jahren nicht mehr gewaschen worden seien.

»Ist alles bereit?« erkundigte sich der Mann und

stellte eine lange Reihe von kurzen Fragen, die alle mit »Ja« beantwortet wurden.

Jetzt wurde ich losgebunden und mit weit niedergebogenem Haupte in die Hütte geschoben. Es gab doch einige Ritzen in der Mauer, durch welche ein Lichtstrahl einzudringen vermochte, und so konnte ich das Innere des Bauwerkes ziemlich genau erkennen. Dasselbe bildete einen kahlen, viereckigen, roh aufgemauerten Raum, in dessen hinterster Ecke man einen starken Pfahl tief und fest in die Erde gerammt hatte. Neben demselben lag ein mäßiger Haufen von Streu und Blätterwerk, und in der Nähe erblickte ich neben einem gefüllten Wassernapfe einen großen Scherben, der früher wohl einmal zu einem Krug gehört hatte, jetzt aber als Schüssel benützt wurde und eine Masse enthielt, welche halb aus Tischlerleim und halb aus Regenwürmern oder Blutegeln zu bestehen schien.

Zwar hätte ich mich trotz meiner Fesseln doch immerhin einigermaßen zu sträuben vermocht, aber ich ließ es ruhig geschehen, dass ich mit einem starken Strick an den Pfahl gebunden wurde. Dies geschah in der Weise, dass ich auf die Streu zu liegen kam. Meine Arme blieben nach wie vor auf den Achseln befestigt.

Das Weib war draußen vor dem Eingang stehen geblieben. Der eine meiner Begleiter verließ schweigsam die Hütte, der andere jedoch hielt es für notwendig, mir einige Verhaltungsmaßregeln zu erteilen.

»Du bist gefangen«, bemerkte er ebenso treffend wie geistreich.

Ich antwortete nicht.

»Du kannst nicht entfliehen«, belehrte er mich in sehr überflüssiger Weise.

Ich antwortete wieder nicht.

»Wir gehen jetzt«, fuhr er fort; »aber dieses Weib wird dich sehr streng bewachen.«

»So sage ihr wenigstens, dass sie draußen bleiben soll!« bemerkte ich endlich doch.

»Sie muss in der Hütte bleiben«, erwiderte er; »sie darf dich nicht aus den Augen lassen und soll dich auch füttern, wenn du Hunger hast; denn du kannst deine Hände nicht gebrauchen.«

»Wo ist das Futter?«

»Hier!«

Er deutete auf den wackern Scherben, dessen Inhalt mir so verführerisch entgegenlachte.

»Was ist es?« erkundigte ich mich.

»Ich weiß es nicht, aber Madana kann kochen, wie keine zweite im Dorfe.«

»Warum schleppt ihr mich hierher?«

»Das habe ich dir nicht zu sagen; du wirst es von einem andern erfahren. Mache keinen Versuch, dich zu befreien, sonst gibt Madana ein Zeichen, und es kommen einige Männer, um dich noch schlimmer zu fesseln.«

Jetzt ging auch er fort. Ich hörte die sich entfernenden Schritte der beiden Männer; dann kam die holde »Petersilie« hereingekrochen und kauerte sich neben dem offenen Eingang in der Weise nieder, dass ich grad vor ihrem Blicke lag.

Es war zwar keine angenehme Lage, in welcher ich mich befand, sie machte mir doch weniger Sorgen als der peinigende Gedanke an die Gefährten in Lizan. Der Melek lauerte mit Schmerzen auf mich, und die Kurden erwarteten wohl längst schon meine Wiederkehr. Und hier lag ich angebunden, wie eine Dogge in der Hundehütte! Was musste daraus entstehen!

(*Durchs wilde Kurdistan*)

Ein seltsames Paar

»Auch Frenk maidanosu mit, zur Abendsuppe!« rief hinter mir eine eigentümlich fette Stimme.

Frenk maidanosu ist ein türkisches Wort und heißt zu deutsch Kerbel. Also für heute abend stand eine Potage von Kerbel in Aussicht. Das war zwar gut und auch leicht verdaulich, aber für mich sollte das in meiner gegenwärtigen Eigenschaft als Pflaumendieb außerordentlich verhängnisvoll werden. Zunächst noch ganz ahnungslos, drehte ich mich um, zu sehen, wer gesprochen hatte und wem die Worte galten. Ich musste mit der Hand das Weichselgezweig auseinander schieben, um nach dem Hause hinschauen zu können. Ich erblickte zunächst eine unendlich lange, männliche Gestalt, welche bis über die Knie hinauf barfuß war. Von dieser Gegend an war ein blaues, sackähnliches Hemd zu sehen, welches mit Mühe und Not den Hals erreichte. Dann kam ein unverhältnismäßig kleiner Kopf mit einem Gesicht, welches mir ein Lächeln abnötigte. Dieser Mann war ganz gewiss nicht unter vierzig Jahre alt, hatte aber so junge, kindlich weiche Züge, dass der Kontrast zwischen Gesicht und Gestalt allerdings zum Staunen nötigte. Dazu kam, dass er eine kurdische Ledermütze trug, deren Streifen ihm hinten bis in das Genick und vorn über die Nase herabhingen. Man denke sich einen aus Leder geschnittenen Stern, dessen Mitte auf dem Scheitel liegt, während die Strahlen wie die Beine eines präparierten, monströsen Spinnentieres nach allen Seiten herunterflattern! Seine Arme schienen noch länger zu sein als seine Beine, von denen das eine kürzer als das andere war; er hinkte. Er trug einen leeren Korb in der Hand und ging grad nach der Gegend hin, wo die beiden Pflaumenbäume standen, der eine noch als Zeuge meiner Ehrlichkeit, der andere aber als Beweis der Missetat, die ich begangen hatte.

Das war die Person, welcher die Anweisung zur Kerbelsuppe gegolten hatte. Wer aber hatte sie gegeben?

Ich sah eine jetzt geöffnete Tür, welche ich vorher

nicht beachtet hatte. Da stand ein weibliches Wesen, so strahlend weiß wie eine abendländische Festjungfrau gekleidet. Festjungfräulich waren auch die langen Zöpfe, in welche sie ihr herabhängendes Haar geflochten hatte. Festlich auch die beiden Rosen, die rechts und links auf die Ohren niederschauten. Und das Gesicht? Könnte ich es doch beschreiben! Dieses Gesicht war zwar etwas Ganzes, sogar etwas seltsam Harmonisches, und aber doch schien es, als ob jeder einzelne seiner Teile sich bestrebe, herauszutreten und für sich selbst zu bestehen. Jede Wange bildete ein blühend rotes, nach ganz besonderem Ansehen trachtendes Halbkügelein. Das Kinn tat sich weiter unten fast noch mehr hervor; es schien auf sein mehr als neckisches Grübchen ganz besonders stolz zu sein. Das Näschen begann erst da, wo andere Nasen fast schon zu Ende sind, und schaute zwischen den beiden Wangen so frohsinnig heraus und in die Welt hinein, als ob seinesgleichen nirgends mehr zu finden sei. Auch die glatte, faltenlose Stirn trat heiter vor. Und die Äuglein unter ihr! Ja, diese Äuglein! Wer kann überhaupt Augen beschreiben? Und nun gar so liebe, kleine, gute, außerordentlich lebendige! Und wie das Gewand, so war auch dies Gesicht ein Abglanz allergrößter Sauberkeit. Man darf ja nicht denken, dass es hässlich gewesen sei. O nein! Es war zwar nicht schön, nicht hübsch, nicht lieblich, nicht – – ja, was noch nicht? Es war überhaupt alles nicht, aber es war gut, ja wirklich gut! Aber wie alt? Zwanzig? Dreißig? Vierzig? Wer das nur sagen könnte! Ich wollte genauer hinsehen, da aber drehte sie sich um und verschwand nach innen. Wenn diese personifizierte Reinlichkeit etwa die Gebieterin der Küche war, so konnte man von ihr alles, ganz gleich, ob mit oder ohne Kerbel, mit Vergnügen essen!

(*Im Reiche des silbernen Löwen III*)

Das Urpferd

Da teilte sich das Gesträuch weit auseinander, und die lebendige Ursache des Geräusches trat vor meine Augen. Man lächle nicht, wenn ich sage, dass ich bei dem Anblicke, der sich mir da bot, ganz unwillkürlich an einen heimatlichen Künstler denken musste, nämlich an Arnold Böcklin*, den berühmten Maler der rätselnden Groteske. Seine Kentauren, sein Einhorn im »Schweigen im Walde« traten mir in die Erinnerung, als ich das Wesen, oder vielmehr das Doppelwesen erblickte, welches mich ganz in derselben Weise anstaunte, wie es von mir angestaunt wurde. Oder waren es zwei verschiedene Wesen, von denen das eine auf dem anderen saß? Ja, richtig! Ein Reiter! Aber was für einer! Und das Tier, auf dem er saß, war

* Schweizer Maler (1827–1901).

das ein ausgeartetes Nilpferd, ein entarteter Tapir, ein vorweltlicher Riesenhirsch ohne Geweih oder ein überfüttertes Kamel mit Elefantenbeinen und weggefallenem Höcker? Es hatte von alledem etwas; aber bei näherer Betrachtung konnte ich die Idee nicht von mir weisen, dass diese zoologische Merkwürdigkeit den entfernten Zweck verfolgte, ein Pferd zu sein. Hufe hatte es, und zwar ganz richtige, wirkliche Pferdehufe, aber von einer Größe, die mir noch nie vor die Augen gekommen war. Der Kopf glich dem eines Riesenelkes, besonders in Beziehung auf das Maul, oder richtiger ausgedrückt, auf die Schnauze. Die Mähne war außerordentlich reich und lang, aber von so kräftiger Struktur, dass sie nicht aus Haaren, sondern aus Bindfäden zu bestehen schien. Ihre Farbe, wie überhaupt die Farbe des ganzen Tieres, war schwer zu bestimmen, denn sie war unter einem dicken, panzerartigen Schmutzüberzug vollständig verschwunden. Solche Schlammfutterale hatte ich an den nordamerikanischen Büffeln gesehen, die sich in Schmutz zu wälzen pflegten, um den Insektenstichen zu entgehen. Ganz besonders erwähnenswert an dieser auffälligen Kreatur waren die Augen und der Schwanz. Ob der letztere lange Haare hatte oder nur eine Quaste an der Spitze, das konnte ich nicht sehen. Viel Haare aber waren es jedenfalls nicht, und das Wenige, was man sah, war mit einer solchen Kruste von Schorf, Grind und Unrat überzogen, dass man viel eher an einen verunglückten Biberschwanz als an das edle Behänge eines Pferdes denken konnte. Und das Erstaunlichste hierbei war, dass dieser Schwanz trotz seiner Festigkeit und Kompaktheit in einer unausgesetzten, nicht endenwollenden Bewegung war. Er hing nicht still, sondern regte und rührte sich immerfort, und zwar meist im Kreise. Es sah ganz so aus, als ob ein unsichtbarer Musikant das Pferd für einen Leierkasten und den Schwanz für den Drehling halte. Dieser Unsichtbare stand nun hinter dem Tiere und drehte den Schwanz mit einer Begeisterung und einer Ausdauer, die geradezu ideal zu nennen war. Und eben weil man ihn nicht sah, sondern nur den immer in einer und derselben Richtung kreisenden Schwanz, machte diese Bewegung auf den Beschauer einen Eindruck, der ganz unmöglich zu beschreiben ist. Von ganz derselben Rastlosigkeit waren auch die beiden Augen. »Augen« ist eigentlich Übertreibung, es muss »Äuglein« heißen. Sie waren viel, viel zu klein für den Koloss, dessen Körper das Fleisch von zwei ausgewachsenen Ochsen in sich vereinigte. Diese Äuglein waren ganz unbegreiflich ruhelos. Es erschien fast als unmöglich, sagen zu können, wohin sie schauten. Nach rechts, nach links, nach oben, nach unten, nach hüben, nach drüben, überallhin schauten sie, und zwar, wie es schien, in demselben Augenblick. Man sah immerfort das Weiße des Augapfels. Das wirkte so außerordentlich ungewohnt, so pfiffig, ja fast beängstigend. Es sah aus, ob in diesem dicken, plumpen, ungeschlachten Körper eine Seele wohne, die während ihres früheren Lebens irgend einem Tausendkünstler oder Geheimpolizisten angehört habe. Gleich beim ersten Blick, den man auf diese überall allgegenwärtigen Äuglein warf, musste man sich sagen: Mit dieser Bestie darf man nur in Liebe verkehren, über das Ohr hauen lässt sie sich nicht.

(*Ardistan und Dschinnistan I*)

VI
Burleske Szenen

Im Taubenschlag

Meines kleinen Halef berühmter Emir Hadschi Kara Ben Nemsi Effendi im Taubenschlage! Ein Weltläufer in der Fremde hier im Taubenschlag? Ja, das war ja ganz wie in jenem berühmten Gedicht vom Schneider, der in die Fremde wandern soll, sich aber vor dieser so fürchtet, dass er unmöglich fortzubringen ist und seine Mutter ihn im Taubenschlag versteckt.

An diese romantische Heldenballade musste ich denken. Ich lachte dabei fröhlich vor mich hin; das verursachte eine zitternde Bewegung meines Körpers, welche sich auch dem Boden mitteilte – er krachte.

Eigentlich hätte mich dies misstrauisch machen sollen; aber die Hölzer hatten vorher meine viel kräftigere Bewegung ausgehalten, und so war also gar kein Grund zur Besorgnis vorhanden. Selbst wenn die Festigkeit des Taubenschlages nicht auf Jahrtausende berechnet sein sollte – ich lag ja still; es konnte nichts geschehen.

So hielt ich es fast bewegungslos wohl eine Stunde aus, und meine Lage wurde immer unbehaglicher.

Da ich die Nase zugebunden hatte, so holte ich durch den Mund Atem. Der scharfe, ätzende Staub drang mir in die Kehle und reizte zum Husten. Ich konnte mir doch nicht auch noch den Mund verbinden!

Da – endlich – erschallten unter mir Schritte und Stimmen. Man öffnete die Türe; es wurde Licht, und es traten ein – zwei, vier, fünf, sechs Männer, welche sich auf die auf dem Boden ausgebreiteten Strohdecken niederließen.

Jetzt, da das Licht von unten herauf durch meine Knüppel-Unterlage leuchtete, erschien mir dieselbe gar nicht mehr so recht zuverlässig. Es gab da ganz bedeutende und beängstigende Lücken. ›Sehr fest‹, hatte die Alte gesagt. Ich fand dies aber ganz und gar nicht.

Der Regen war durch das arg beschädigte Dach gedrungen, hatte den Guano durchnässt und ihn zu einer ziemlich zusammenhängenden Kruste gemacht. Das mochte der Grund sein, dass er überhaupt noch vorhanden und nicht längst hinunter in die Kammer gefallen war.

Nun aber hatte ich mich auf der Kruste bewegt; die Wirkung konnte verhängnisvoll für mich werden. Ich erblickte zu meinem Schrecken den weißgrauen, stellenweise fingerhohen Überzug, welchen die Gegenstände da unten erhalten hatten, und dazu siebte ununterbrochen ein feiner Staubregen nach.

Das wurde dann erst deutlich bemerkt, als sich die Männer niedergesetzt hatten.

Derjenige, welcher das Licht in der Hand gehabt hatte, ein langer, spindeldürrer Mensch, jedenfalls der Wirt, blickte zornig nach oben und sagte:

»Dschehenneme gitme kedije; onu öldürim – Verdammnis über die Katze! Ich schlage sie tot.«

Man kann sich denken, dass ich mich nicht rührte; ich wagte kaum, zu atmen. […]

Natürlich war ich bemüht, mir kein Wort entgehen zu lassen. Um so ärgerlicher war es, dass ich grad jetzt draußen ein Rascheln des Heues vernahm. Ich hob den Kopf empor. War das vielleicht die Katze, von welcher der Hausherr gesprochen hatte? Das Tier spazierte zu einer Zeit hier oben herum, welche mir gar nicht ungelegener sein konnte.

Unten erhoben sich laute Stimmen. Fast noch lauter aber wurde es in diesem Augenblick vor dem Taubenschlag. Es gab einen sehr geräuschvollen Rutsch – plumps – ein ärgerliches »Ah!« und dann war es draußen still, unter mir aber auch.

Ein Blick, den ich hinunter warf, zeigte mir, dass alle horchten. Auch sie hatten das Geräusch vernommen. Es war ein Glück, dass sie eben jetzt lauter als vorher gesprochen hatten.

»Was war das?« fragte der Bettler.

»Wohl die Katze«, antwortete der Fruchthändler.

»Hast du so viele Mäuse da oben?«

»Mäuse und Ratten.«

»Aber wenn es ein Mensch gewesen ist, der uns belauscht!«

»Wer sollte das wagen?«

»Sieh doch lieber einmal nach!«

»Es wird nicht nötig sein; ich will es aber tun.«

Er stand auf und verließ die Kammer. Jetzt befand ich mich in Gefahr. Ich zog die Beine möglichst an mich. Er hatte zwar kein Licht bei sich; aber wenn er fühlte, dass die Türe zum Taubenschlag offen war, schöpfte er wohl Verdacht und griff hinein. Ich hörte die Stiege knarren. Er kam wirklich herauf – zum Glück aber nicht ganz.

»Ist jemand da?« fragte er.

Niemand antwortete; aber es raschelte leise im Heu, so dass auch er es sicher hörte.

»Wer ist da?« wiederholte er.

»Miau!« antwortete es jetzt.

Und darauf erfolgte ein zorniges Pfauchen. Es war wirklich die Katze, welcher er vorhin die Verdammnis angewünscht hatte. Er brummte unmutig einige Worte in den Bart und kehrte dann in die Kammer zurück.

»Habt ihr es gehört?« fragte er. »Es war das Vieh.«

Ich hatte bereits die Hand am Messer gehabt; jetzt fühlte ich mich beruhigt – aber nicht für lange Zeit, denn als das Gespräch wieder begann, hörte ich ein leises, streichendes Geräusch hinter mir, als ob jemand mit der tastenden Hand die Räumlichkeit untersuche. Ich horchte auf. Ah, da fühlte ich eine Hand an meinem Fuße.

»Sihdi!« flüsterte es.

Jetzt kannte ich diese Katze.

»Halef?« antwortete ich so leise wie möglich.

»Ja. Habe ich die Stimme der Katze nicht prächtig nachgeahmt?«

»Mensch, was fällt dir ein! Du bringst dich und mich in die allergrößte Gefahr!«

»Musste ich nicht? Du bliebst so lange fort. Ich hatte Sorge um dich. Wie leicht konnte man dich erwischen!«

»Das hättest du abwarten sollen!«

»So! Soll ich warten, bis man dich getötet hat? Nein, ich bin dein Freund und Beschützer.«

»Der mich aber in Verlegenheit bringt. Verhalte dich jetzt ganz ruhig!«

»Siehst du sie?«

»Ja.«

»Und hörst du sie?«

»Ja, ja doch!« antwortete ich ungeduldig. »Aber ich werde sie nicht hören, wenn du weiter plauderst.«

»Gut, ich schweige. Aber zwei hören mehr als einer. Ich lausche auch – ich komme hinein.«

Ich hörte, dass er Anstalt machte, in den Taubenschlag zu kriechen.

»Mensch, bist du des Teufels?« raunte ich ihm zu. »Ich kann dich nicht brauchen. Bleibe draußen!«

Leider aber hatte eben jetzt der Ismilaner seine Stimme so erhoben, dass Halef meine Worte gar nicht verstehen konnte. Er kam zu mir hereingekrochen – wahrhaftig, er kam! Ich gab ihm zwar einen tüchtigen Tritt mit dem Fuß; aber der kleine Kerl meinte es gut – zu gut für die Verhältnisse. Er war ganz erpicht darauf, den Lauscher zu machen, und mochte glauben, dass der Fußtritt nur eine ganz zufällige Bewegung von mir gewesen sei.

Jetzt war er da. Ich drückte mich so weit nach links, wie es mir möglich war.

»O Allah! Wie stinkt es hier!« flüsterte er.

»Her zu mir! Hierher, hierher, ganz zu mir!« gebot ich ihm. »Dort rechts brichst du durch!«

Er machte eine hastige Bewegung zu mir herüber und hatte dabei ganz sicher eine ganze Menge von dem Guano aufgewühlt, denn unten fluchte der Fruchthändler:

»Zur Hölle mit dieser Katze! Da ist sie jetzt über uns und wirft allen Kot herab!«

»Puh! Ah – oh – – uh!« pustete Halef, dem der scharfe Staub in die Nase und Lunge geraten war.

Er hatte sich infolge meiner Aufforderung ganz nahe an mich geschmiegt; darum fühlte ich, dass sein Körper eine krampfhafte, wurmartige Bewegung machte.

»Atsch zözünü – nimm dich in acht!« mahnte ich, denn trotz der verbundenen Nase empfand ich einen heftigen Niesreiz.

»Ja, Sihdi! Niemand soll hören – – oh – ih – – bchch – – gchchch – dchchchch – – hilf mir, Allah!«

Er kämpfte vergebens gegen den unüberwindlichen Reiz. Ich hörte ein ganz unbeschreibliches, vergebens nach innen gedrängtes Pusten und Keuchen und griff unwillkürlich hinüber, um ihm den Mund zuzuhalten.

»O Allah – Al – – ill – – ell – ah – ha – ha – ha – hab – – habziiiih, habzuäuuuh!«

Da krachte es los, und zwar so kräftig, so nachhaltig, dass sein ganzer Körper bebte: aber es krachte auch unter uns. Ich fühlte, dass der ganze Taubenschlag wackelte und bebte.

»Si – – Sih – – Sihdi, o Mohammed, ich breche durch!«

Der Kleine wollte diese Worte leise sagen, aber da er bereits den Boden unter sich verlor, so stieß er sie in seinem Schreck laut wie einen Hilferuf aus. Er fasste mich am Arme. Ich erkannte, dass er auch mich mit hinunterreißen würde, und riss mich los. Im nächsten Augenblick prasselte es um mich her, als ob das ganze Gebäude zusammenstürze: – ein entsetzliches Gepolter, eine noch entsetzlichere, dicke Guanowolke – unter mir lautes Schreien, Fluchen, Husten und Niesen – der gute Hadschi war mit der Hälfte des Taubenschlages hinabgestürzt.

Auch ich hing halb in der Schwebe. Ein rascher Schwung brachte mich mit den Beinen zu dem Loch hinaus; nach einer zweiten, krampfhaften Anstrengung stand ich mit dem ganzen Körper draußen. Ich riss das Tuch von der Nase und hustete und nieste, als ob ich es bezahlt bekäme. Jetzt war es ganz gleich, wenn man mich auch hörte.

Unten entstand ein Höllenlärm. Halef befand sich jedenfalls in Gefahr. Das Licht war nicht verlöscht. Hatte man ihn ergriffen, oder war er so geistesgegenwärtig gewesen, hurtig zu entspringen? Ich rannte, so rasch es die Dunkelheit gestattete, die Stiege hinab. Der Heidenspektakel war mein Führer. Ich fühlte die Kammertüre – ich tastete mit der Hand, dass sie von außen verriegelt werden konnte; man brauchte nur einen an einer Schnur hangenden Holzpflock vorzuschieben. Von innen war sie nicht verschlossen. Ich öffnete. Ein dicker Guanostaub, durch welchen das Licht der Lampe kaum zu dringen vermochte, wallte mir entgegen.

Ich erblickte, so weit ich die Augen zu öffnen vermochte, ein Chaos von Armen, Beinen und herabgefallenen Holzknüppeln, alles in Bewegung – ein unbeschreiblicher Lärm von hustenden, niesenden, fluchenden Menschen, dazu klatschendes Geräusch, als ob jemand eine Peitsche aus Leibeskräften in Bewegung setze. Ich merkte, dass diese Leute sich untereinander gepackt hielten, in der Meinung, den unerwarteten Eindringling ergriffen zu haben. Jetzt erschallte Halefs Stimme:

»Sihdi, wo bist du? Bist du auch herunter?«

»Ja, hier!«

»Hilf, hilf! Jetzt haben sie mich!«

Ich sprang nun – ohne weiteres Besinnen – sprang mitten in den Knäuel hinein. Ja, sie hatten ihn. Ich packte ihn mit der Linken, entriss ihn ihren Händen und schleuderte ihn zur offenen Türe hinaus. Einige Faustschläge mit der Rechten – und sie wichen zurück. Sofort war auch ich draußen, warf die Türe zu und steckte den Pflock vor.

»Halef!«

»Hier!«

»Bist du verletzt?«

»Nein. Komm fort!«

»Ja, hier die Treppe hinab!«

Ich erfasste seine Hand und zog ihn nach der Gegend, in welcher ich die Treppe vermutete. Hierbei leiteten mich Stimmen, welche unten erschallten. Man hatte da den Lärm vernommen und kam, um nachzusehen, was es zu bedeuten habe.

Wir rutschten mehr die Treppe hinab, als dass wir liefen, rissen dabei einige Personen um, kamen glücklich unten an und sprangen über den Hof hinüber, nach der Stelle, wo ich die Bretter locker gemacht hatte. Als wir da hindurchgeschlüpft waren und stehen blieben, um auszuschnaufen, sagte der kleine Hadschi:

»Allah sei Dank! Mich bringt kein Mensch wieder in einen Taubenschlag!«

(*In den Schluchten des Balkan*)

Hobble-Franks Geschichte über die Senfindianer

»Gut! Also Sie behaupten, dass es mir in Beziehung auf die Indianer an Erfahrung mangelt?«

»Ja.«

»Ich weiß aber, dass ich mich schon weit länger im Westen befinde, als Sie.«

»Das tut nischt. Schtecken Sie heut eenen fein dressierten arabischen Hengst in eenen Eselsschtall, so wird der Esel ooch denken oder gar sagen, er is länger da. Die Zeit tut's nich, sondern der Geist, das is die Hauptsache. Sie sind nur körperlich hier gewesen; ich aber habe meinen ganzen Geist in die indianischen Verhältnisse versenkt, und zwar so tief, dass ich ihn beinahe nich wieder herausgebracht hätte.«

»Er wollte also darin stecken bleiben?«

»Unsinn! Mein Geist bleibt niemals schtecken! Nee, er wollte durch, ganz durch, mitten durch und off der andern Seite wieder 'naus. Das wollte ich aber nich, weil ich doch nich wusste, wo ich da hingeraten würde. Ja, so is es; ich habe die Indianer förmlich schtudiert. Was für welche kennen denn Sie?«

»Alle Stämme, die hier in dieser Gegend wohnen.«

»Nur? Da reichen Sie mir mit Ihrer ganzen, langen Geschtalt nich 'mal 'rauf bis an meine Hosentasche. Ich bin bis hinauf zum Nationalpark gewesen, nämlich mit Old Shatterhand und Winnetou. Da haben wir ganz andre Schtudien machen können und ganz andre Indsmen kennen gelernt.«

»Ja, ich weiß es; ich habe es gehört. Sie haben es damals mit den Sioux zu tun gehabt.«

»Sogar mit den Ogallellah!«

»Die sind wohl schlimmer als die hiesigen Roten?«

»Schlimmer? Hm! Dieses Ausdruckes mag ich mich überhaupt nich bedienen. Für eenen tüchtigen Weißen is überhaupt keen Indianer schlimm; er haut sie alle in die Pfanne, wenn er nämlich wilde wird. Unsereenem gegenüber is es ganz gleich, ob's een Apache oder een Comanche oder een Dakota is, sie sind doch alle weiter nischt als bloße Senfindianer.«

»Senfindianer? Wieso?«

»Das wissen Sie nich?«

»Nein.«

»Na, da sagen Sie nun nich mehr, dass Sie die Indianer kennen!«

»Aber, Herr Franke, von einem Senfindianer habe ich wirklich noch nichts gehört.«

»Nich? Da hört doch alles off! Es gibt nich nur

eenen, sondern sogar zwee Senfindianer. Und da kennen Sie wirklich keenen davon?«

»Nein.«

»Weder den alten noch den jungen?«

»Nein. Vielleicht sind Sie so gut, mich aufzuklären.«

»Ja, ich will die Güte haben.«

»Wo leben denn diese beiden Senfindianer?«

»Das tut gar nischt zur Sache; es genügt für Sie, zu wissen, dass sie in Washington gewesen sind.«

»In Washington? So?«

»Ja, beim großen, weißen Vater. Sie wissen vielleicht, wer mit diesen Worten gemeent sein soll?«

»Ja. Die Indianer pflegen den Präsidenten der Vereinigten Staaten den ›großen, weißen Vater‹ zu nennen.«

»Richtig! Wie ich höre, sind Sie doch nich ohne alle Anlage zur Wissenschaft. Also diese beeden Indianer waren von ihrem Schtamme nach Washington gesandt worden, um dem großen, weißen Vater eenige Wünsche des Schtammes vorzutragen. Als Gesandtschaft mussten sie nobel und rücksichtsvoll behandelt werden, und darum wurden sie des Abends zum Supper, zum Abendessen beim Präsidenten eingeladen. Sie saßen da nebeneenander ganz unten an der Tafel, die fast zusammenbrach vor Flaschen, Schüsseln und Tellern, die darauf schtanden. Da gab's Schpeisen, die sie im Leben noch nich gesehen, noch viel weniger aber gegessen hatten; dabei lagen die Messer, Gabeln und Löffel, und sie mussten achtgeben, wie sie sich dabei zu benehmen hatten. Da raunte der Alte dem Jungen listig zu: ›Mein junger Bruder mag mit mir offpassen, wovon die weißen Gäste am wenigsten nehmen; das ist die teuerste und köstlichste Schpeise; da langen wir tüchtig zu.‹

Sie gaben also acht und bemerkten, dass am allerwenigsten genommen wurde von einer braunen Schpeise, die auf silbernen Untersetzern in kleenen, feinen Gläsern schteckte. In jedem Gläschen gab es eenen kleenen Löffel, der aus Schildkrötenschale gemacht war. Da meente der Alte wieder zu dem Jungen: ›In diesen Gläsern befindet sich das teuerste und köstlichste Gericht. Mein junger Bruder kann een solches Glas mit seiner Hand erreichen; er mag sich zuerst von der Schpeise nehmen.‹

Der junge Indianer zog sich das Glas herbei, nahm eenen gehäuften Löffel voll und rasch darauf noch eenen zweeten. Dabei blickte er sich um, ob man wohl bemerkt habe, dass er gleich zwee Löffel voll genommen hatte. Keen Mensch guckte her. Erscht nun begann er, die köstliche Schpeise mit der Zunge zu zerdrücken, und der Alte sah ihm dabei voller Schpannung in das Gesicht. Dieses Gesicht wurde nach und nach gelb, rot und blau, sogar grün, aber es blieb schtarr und unbewegt, denn een Indianer darf selbst bei den ärgsten Schmerzen nich mit der Wimper zucken. Die Oogen wurden schtarr und immer schtarrer und fingen an zu tränen, bis das Wasser schtromweise über die Backen runterlief. Da machte der junge Indsman eenen fürchterlichen, todesmutigen Schluck, und – hinunter war der Senf und es wurde ihm wieder besser, nur dass das Wasser noch immer in Schtrömen aus den Oogen lief. Darum fragte der alte Indsman neugierig: ›Warum weint denn mein junger roter Bruder?‹

Dieser hätte um alles in der Welt nich eingestanden, dass ihm die köstliche Schpeise so off die Nerven und an das Leben gegangen sei, und darum antwortete er: ›Ich dachte eben daran, dass mein Vater vor fünf Jahren im Mississippi ertrunken is; darum weine ich.‹

Bei diesen Worten schob er dem Alten das Glas hin. Dieser hatte gesehen, wie schlau sein junger Bruder gewesen war, und machte es ebenso: er schob schnell hintereenander zwee volle Löffel in den Mund und klappte ihn dann rasch zu. Aber dann gingen mit eenem Male die Lippen wieder auseenander und klappten auf und zu wie bei eenem Karpfen, der keene Luft bekommen kann oder wie wenn man eenen brennend heeßen Bissen in den Mund gesteckt hat und doch nich wieder herausnehmen kann. Dann zog es dem Alten die Schtirnhaut in die Höhe, und in der Gurgel quirlte es höchst verdächtig. Die Farbe seines Gesichtes veränderte sich wie bei eenem Chamäleon; der Schweeß sickerte aus allen Poren; die Oogen wurden rot und füllten sich mit eenem See von Tränen, welcher bald überlief und seine Fluten über die Backen herniedergoss. Das sah der Junge und fragte ihn: ›Warum weint mein alter roter Bruder?‹

Da schluckte dieser mit Aufbietung seiner ganzen Willenskraft den Senf hinunter, holte tief und schtöhnend Atem und antwortete: ›Ich weine darüber, dass du damals vor fünf Jahren nich ooch gleich mit ersoffen bist!‹

So, Herr Wolf, das is die berühmte Geschichte von den zwee Senfindianern, die Sie noch nich kennen. Ich hoffe, dass Sie nun überzeugt sind, dass ich Ihnen ooch in diesem Fache weit überlegen bin!«

Ein allgemeines Gelächter war die Folge, ein Gelächter, in welches er selbst sehr kräftig einstimmte und welches bei der nächtlichen Stille, die rundum herrschte, wohl eine Viertelstunde weit zu hören war.

(*Der Ölprinz*)

Ein Sänftenrennen im Fernen Osten

Drei so gekleidete Menschen hatte man hier noch nie gesehen. Sobald sie über die Landebrücke waren, hatten sich alle im Gesichtskreise befindlichen Männlein und Weiblein beeilt, herbeizukommen und einen Halbkreis um sie zu bilden. Männer in allen Farben und Trachten, untermischt mit schmutzigen Kuliweibern und noch viel schmutzigeren Kindern, standen da und starrten die unerhörten Erscheinungen an. Aber ihr Staunen war ein respektvolles. Man sah, dass sie die drei Personen für ganz besondere, hochstehende Leute hielten, wozu die würdevolle Haltung derselben das meiste beitrug.

Während diese taten, als ob sie die von ihnen erregte Aufmerksamkeit gar nicht bemerkten, erweckte dieselbe den Stolz des Kapitäns. Er war überzeugt, dass die Bewunderung vorzugsweise ihm gelte, und so kam ihm der Gedanke, sich als hohen Mandarin zu zeigen. Darum sagte er zu den andern:

»Es schickt sich nicht für uns, nach dem Hotel zu gehen. Leute wie wir, mit achtzehnhundert Li um den Hals, müssen fahren oder sich wenigstens eines Palankin* bedienen. Dort sehe ich Sänftenträger stehen, mieten wir sie!«

Er deutete auf eine Gruppe von Kulis, welche mit ihren Sänften in der Nähe hielten.

»Habe keine Lust«, antwortete der Methusalem. »Bin so lange auf dem Schiffe gewesen, dass ich mich ordentlich darauf freue, mir die Beine einmal vertreten zu können.«

»So fehlt es Ihnen an der standesbewussten Segel-

* eine Art Sänfte, ostasiatischer Tragsessel.

kunst. Was mich betrifft, so bin ich Generalmajor und laufe nicht.«

»Ganz wie Sie wollen, Sir. Lassen Sie sich also vorantragen! Wir folgen Ihnen zu Fuße und treffen Sie im Hotel.«

»Schön! Sie werden sich selbst die Schuld zuzuschreiben haben, wenn man Sie dann nicht mit der Hochachtung behandelt, welche uns gebührt.«

Der Methusalem antwortete nicht darauf. Er fragte einen der Kuli nach dem Hongkonghotel, und als er auf die in englischer Sprache ausgesprochene Erkundigung eine in derselben Sprache gegebene Auskunft erhalten hatte, schritten die drei mit dem Hunde in der bisherigen Reihenfolge davon.

Dabei spielte um die Lippen des Studenten ein eigenartiges Lächeln. Er war vielleicht der Ansicht, dass er zu Fuße das Hotel wohl besser erreichen werde als der Kapitän in seiner Sänfte. Und dass er sich da nicht geirrt habe, sollte er schon nach wenigen Augenblicken erkennen.

Turnerstick war nämlich zu der Gruppe der Kulis getreten und hatte zu zweien derselben, welche die hübscheste Sänfte besaßen, gesagt:

»Was kosting es, mich von hier bis zum Hotelung Hongkong zu trageng?«

Sie sahen ihn verwundert an, schüttelten die Köpfe und einer antwortete:

»Yes, Sir; You are in Hong-kong.«

Er hatte nur das Wort Hongkong verstanden und war der Ansicht, Turnerstick wolle wissen, ob er sich in Hongkong befinde. Dass er ihn Sir nannte, war ein sicheres Zeichen, dass er ihn trotz der chinesischen Kleidung nicht für einen Sohn der Mitte hielt. Das erregte den Zorn des Kapitäns; er setzte den Klemmer auf sein Vorlukennäschen, warf dem Kuli durch denselben einen möglichst impertinenten Blick zu und sagte:

»Ich muss mir ausbitting, dass Ihr mit mir chinesisch sprechengt! Ich bin ein Mandaring der obersten Klassong und habe keine Lust, fremde Dialekting zu duldung! Also was habe ich von hier bis ins Hotel zu zahleng?«

»Hotel?« fragte der Kuli, welcher jetzt dieses eine Wort verstanden hatte.

»Ja, Hotel Hongkong.«

»Ah, we shall to bear to Hong-kong-Hotel?«

»Ja, dorthing will ich getrageng seiang. Wieviel habeng ich dafür zu bezahlong?«

Da er bei dem »Ja« zustimmend nickte, so wurde er verstanden. Bei seiner letzten Frage machte er die Pantomime des Geldzählens, welche in aller Herren Länder ganz dieselbe ist. Darum wusste der Kuli, was er meine, und antwortete:

»Fifteen Fen or Candarins.«

»Fünfzehn Fen sind hundertfünfzig Li, also eine ganze Mark; das ist zu viel!« brummte der Kapitän vor sich hin. Und laut setzte er hinzu: »So viel zu bezahling kann mir nicht einfalleng. Ich bin chinesischer Mandaring und lasse mich von keinem Kuli überteuerong. Ihr sollt hundert Li bekommung, aber keinen Pfennig mehr!«

Er knüpfte eine der Schnüre auf, zählte hundert Li ab und gab sie dem einen der Kuli. Dieser zählte nach, schüttelte den Kopf und sagte:

»Hundred-fifty Li, not hundred!«

»Ich gebe hundert; dabei hat's zu bleibing«, beharrte Turnerstick.

Der Kuli sah aus der Miene des Kapitäns, was dieser meinte, und entgegnete:

»Sir, do You are a miser, a niggard, a churl?«

»Was, ich solling ein Geizhals seiung? Ein Knicker? Das ist stark! Das ist im höchsteng Grade beleidigingd! Gebt mir mein Geld zurück! Ich werde mich von andern trageng lassung!«

Er rief das so laut und zornig, dass die zahlreichen Zuschauer sich in Erwartung einer Szene näher herandrängten. Die beiden Kulis wechselten einige halblaute chinesische Sätze, musterten Turnerstick noch einmal, und zwar genauer als vorher, und wollten ihm dann Bescheid sagen. Er aber kam ihnen zuvor, indem er, um ihnen zu imponieren, seinen riesigen Fächer öffnete und, auf die goldenen Zeichen deutend, sie anherrschte:

»Solltet ihr mir nicht anseheng, wer ich eigentlich

bing, so lest hier meine Visitingkartong! Turningsticking, kuo-ngan ta-fu-tsiang! Ich bing Generalmajoring! Verstanding? Euch soll der Teufling holang, wenn ihr nicht pariereng wollt! Ihr tragt mich für hundert Li, sonst werde ich euch bei den Ohreng nehmang!«

Um dieser seiner Drohung Nachdruck zu geben, fasste er den Kuli beim Ohre und schüttelte ihn. Die Umstehenden ließen ein Gemurmel des Unwillens hören. Der Kuli aber beruhigte sie mit einigen chinesischen Worten, welche Turnerstick nicht verstand, und sagte unter einer tiefen Verbeugung zu ihm:

»Well, hundred Li; get into, Sir!«

Dabei öffnete er die Tür der Sänfte und lud durch eine Handbewegung den Kapitän ein, sich hineinzusetzen. Turnerstick freute sich über den Sieg, welchen er errungen zu haben meinte. Er beachtete die schadenfroh erwartungsvollen Blicke nicht, welche auf ihn gerichtet waren, und stieg ein.

Kaum hatte er es sich auf dem Polstersitze bequem gemacht, so hoben die beiden kräftigen Kulis die beiden Tragstangen auf ihre Schultern. Zugleich sprangen zwei andere Kulis herbei, einer an die rechte und der andere an die linke Seite der Sänfte. Der Boden der letzteren war beweglich; er konnte, wohl der bequemeren Reinigung wegen, nach unten geöffnet werden, indem man rechts und links je einen Haken aus seiner Öse zog. Die zwei letzterwähnten Kulis taten dies; der Boden der Sänfte klappte nach unten auf; Turnerstick rutschte natürlich nach und kam auf die Beine zu stehen.

»Alle Teufel!« schrie er. »Was soll das heißing? Die Senftang ist anstatt des Bodengs mit einer Falltür versehang! Ich will – – –«

Weiter kam er nicht, denn die beiden Träger setzten sich, ohne auf ihn zu achten, in Bewegung. Sie rannten nach dortiger Weise in raschem Trabe davon. Turnerstick steckte in der Sänfte und musste mit traben, er mochte wollen oder nicht; aber sein Brüllen und Zetern war noch aus der Ferne zu hören. Die Zeugen dieses für ihn nicht sehr ehrenvollen Vorkommnisses lachten im stillen über den gelungenen Streich, ohne aber ihre Befriedigung laut werden zu lassen. Man musste ja so tun, als ob der Unfall des »Generalmajors« gar nicht bemerkt worden sei.

Jedermann, an dem der seltsame Transport vorüberkam, blieb stehen. Man sah zwei Kulis mit einer verhängten Sänfte daherstürmen, deren Boden niederhing. Unten erblickte man zwei Beine, deren mit rotseidenen Schuhen bekleidete Füße konvulsivisch tätig waren, mit den Kulis gleichen Schritt zu halten. Dabei brüllte der unglückliche Besitzer dieser Beine in einem fort:

»Halt, Halt! Wollt ihr gleich anhalteng! Donner und Doria! Ich kann nicht mehr laufing; der Atheng geht mir aus! Halt, sage ich, ihr Schurking, halt, stopp, au – oh – ah!«

Der Anblick dieses eigenartigen Transportes musste den ernstesten Menschen zum Lachen bringen. Ein Haufe Jungens und sonstiger müßiger Leute rannte schreiend, johlend und pfeifend hinterher. Am drastischsten wirkten die beiden ernsten Gesichter der Kulis, welche so große Eile zeigten und dabei gar nicht taten, als ob sie wüssten, dass ihr Passagier zum Laufen gezwungen sei.

Sie mussten auch an dem Methusalem, Gottfried von Bouillon und Richard Stein vorüber. Diese drei hörten hinter sich die scheltende Stimme ihres Gefährten. Sie blieben stehen und blickten zurück. Da sahen sie, in welcher Lage sich ihr Turningsticking kuo-ngan ta-fu-tsiang befand; aber ehe es ihnen möglich war, einzuschreiten, waren die Kulis mit der Sänfte an ihnen vorübergesaust.

»Herrjott!« rief Gottfried von Bouillon. »Wat war das? Wenn das nicht die Beine unseres Seehelden jewesen sind, so kann ich mir nicht mehr auf meine eigenen Augen verlassen. Und seine Stimme war es auch. Wie kommt er dazu, in dieser Weise an uns vorüberzujondeln?«

»Man möchte allerdings seinen Augen nicht trauen«, antwortete der Methusalem. »Turnerstick war es; es ist kein Zweifel möglich. Wie aber ist er in diese lächerliche Lage gekommen? Pyramidale Blamage!«

»Dat is richtig. So eine Palankin-Spinde zu bezahlen und dennoch laufen, dieser Jedanke ist jrad so bodenlos wie die Sänfte selber. Ich habe mal einen Elefanten jesehen, welcher in ähnlicher Weise transportiert wurde. Bei so einem Tiere hat das seine Jründer, bei einem Menschen aber ist es jrundlos zu nennen.«

»Wer weiß, welche Dummheit er begangen hat. Wir werden es ja hören. Wollen uns beeilen, damit er nicht etwa im Zorne noch ärgeres unternimmt.«

(*Kong-Kheou, das Ehrenwort* /
Der blau-rote Methusalem)

Titelbild der ersten Buchausgabe von
Der blau-rote Methusalem, 1892

VII
K(F)uriose Auftritte

Winnetou im Gesangverein

Einige Monate blieb ich daheim; sodann ging es wieder fort, dieses Mal nach dem Orient, in welchem ich zwanzig Monate blieb. Nach meiner Rückkehr von dort versteckte ich mich für einige Zeit zwischen meine Bücher und kam nur wenig unter Menschen. Wöchentlich einmal aber besuchte ich einen Gesangverein, dessen Ehrenmitglied ich war und heute noch bin. Das war meine Erholung.

Eines Sonnabends saßen wir nach der Übungsstunde beisammen, um über ein Konzert zu milden Zwecken zu verhandeln, da kam der Wirt in unser separates Zimmer und teilte mir mit:

»Es sind zwei Herren da, welche mit Ihnen sprechen wollen.«

»Wer ist's?«

»Ich kenne sie nicht. Der eine ist ein junger, sehr anständiger Herr, der andere aber ein ganz eigentümlicher dunkelfarbiger Mensch. Er spricht kein Wort, nimmt den Hut nicht ab und sieht einen mit seinen Augen an, dass man sich ganz unheimlich fühlt.«

»Scharlieh!« rief es da unter der offen gebliebenen Tür.

Ich sprang schnell auf. Scharlieh pflegte Winnetou meinen deutschen Vornamen auszusprechen. Und da stand er unter der Tür! Winnetou, der berühmte Häuptling der Apatschen in Dresden! Und wie sah der gewaltige Krieger aus! Eine dunkle Hose, eine ebensolche Weste, um welche ein Gürtel geschnallt war, einen kurzen Sakkorock; in der Hand einen starken Stock und auf dem Kopfe einen hohen Zylinderhut, den er nicht abgenommen hatte! Ich erzähle die Tatsache in einfacher, kurzer Weise, brauche aber wohl kaum zu versichern, dass meine Überraschung, mein Erstaunen, ihn hier zu sehen, wenigstens ebenso groß wie mein Entzücken darüber war.

Ich sprang auf ihn zu; er kam mir ebenso rasch entgegen; auf halbem Wege fielen wir uns in die Arme. Wir küssten uns wieder und immer wieder, betrachteten uns in den Zwischenpausen und brachen schließlich in ein herzliches Gelächter aus, was bei dem Apatschen noch nie vorgekommen war. Die Gestalt, in welcher er seinen Shatterhand vor sich sah, war gar so zahm, und die Figur, welche der tapferste Krieger der Apatschen bildete, war so friedlich und so drollig, dass ein Hexenmeister dazu gehört hätte, sich des Lachens zu enthalten.

Er hatte nicht auf die Rückkehr des ihn anmeldenden Wirtes gewartet, sondern war demselben gefolgt. Nun kam auch der junge Herr, der bei ihm gewesen war; das war kein anderer als – Franz Vogel, der frühere Schüler meines Kapellmeisters.

Die anwesenden Sänger kannten den Apatschen alle aus meinen Erzählungen. Welch ein Hallo, als ich seinen Namen nannte! Zunächst wollten sie es nicht glauben. Sie konnten sich ihn nicht anders denken, als in seiner bekannten Kleidung und mit der berühmten Silberbüchse. Ich ahnte, weshalb er den Hut nicht abnahm; er hatte die Fülle seines reichen, dunkeln Haares unter denselben verborgen. Ich nahm ihm den Zylinder ab; da wurde es frei und fiel ihm wie ein Mantel über die Schultern und weit auf den Rücken herab. Jetzt glaubten sie, dass es der Apatsche sei. Alle Hände streckten sich ihm entgegen, und als so ein begeisterter Bassist das »Dreimal hoch!« anstimmte, fielen alle brausend ein.

Wie oft hatte ich Winnetou gebeten, einmal mit mir nach Deutschland zu gehen oder mich dort zu besuchen! Es war stets vergeblich gewesen. Dass er jetzt kam, so ganz unerwartet, musste einen höchst wichtigen Grund haben. Er sah es mir an, dass ich denselben gern erfahren hätte, schüttelte aber den Kopf und sagte:

»Mein Bruder lasse sich nicht stören. Die Botschaft, welche ich bringe, ist wichtig; aber ist eine Woche und mehr darüber vergangen, so kann auch noch eine Stunde vergehen.«

»Wie aber hast du mich hier finden können?«

»Winnetou ist doch nicht allein. Das junge Bleichgesicht, welches Vogel heißt, ist mitgekommen. Dieser kannte deine Wohnung und führte mich hin. Wir hörten, du seist dorthin gegangen, wo gesungen wird; da wollte ich auch gern singen hören. Später kehren wir in deine Wohnung zurück, und dort werde ich dir sagen, aus welchem Grunde ich über das große Wasser gekommen bin.«

»Gut, ich gedulde mich also bis dahin, und du sollst nun deutschen Gesang zu hören bekommen.«

Als die Sänger von dem Wunsche des Apatschen hörten, waren sie natürlich gern bereit, denselben zu erfüllen. Wir setzten uns mit Vogel an einen abgelegenen kleinen Tisch und bestellten Bier, welches Winnetou sehr gern, aber auch sehr mäßig trank. Dann begannen die Vorträge, welche nicht anders als Konzert genannt werden mussten. Die Leute waren stolz darauf, sich vor diesem berühmten Manne hören lassen zu dürfen.

Er hielt meine Rechte in der seinigen und ich seine Linke in der meinigen. Ich war ganz glücklich, ihn einmal bei mir in der Heimat zu haben, und er war ebenso glücklich darüber, mir dieses Glück bereiten zu können. Ich glaube, wir haben in den Augen der Zuschauer ein ganz rührendes Paar gebildet. Aber jeder, der uns drüben in der Savanne oder auf dem Gebirge begegnet war, hätte uns heute hier nicht wieder erkannt. Winnetou kam mir wie ein schwarzer Panther im Schafspelze vor, und ihm mochte es mit mir nicht viel anders gehen. Kleider machen auch hier wie überall Leute.

Es war wohl gegen Mitternacht, als der Apatsche erklärte, dass er nun genug gehört habe. Die eifrigen Notenbrüder hätten ihn noch gern bis morgen früh und auch noch länger unterhalten. Er bedankte sich bei ihnen, und dann gingen wir. Er sagte kein Wort über das, was er gehört hatte, aber da ich seine Eigenart kannte, wusste ich gar wohl, welch einen tiefen und unauslöschbaren Eindruck der deutsche Gesang in seiner Seele zurückgelassen hatte.

(*Satan und Ischariot II*)

»Sie – Sie – – Sie wollen der Dichter sein?« lachte er höhnisch auf. »Ihr Gesicht ist ja ein solches Schafs – – –«

Weiter kam er in seiner Rede nicht, denn ich gab ihm eine solche Ohrfeige, dass er, zwei Stühle mit sich niederreißend, zu Boden stürzte. Er sprang aber schnell wieder auf, riss ein langes Messer aus der Tasche und drang damit, vor Wut keine Worte findend, auf mich ein. Ich empfing ihn mit dem emporgehobenen Fuß und versetzte ihm einen so kräftigen Tritt gegen den Leib, dass er wieder niederstürzte. Noch hatte er sich nicht halb aufgerafft, so stand ich bei ihm, nahm ihn mit der linken Hand beim Genick, riss ihn vollends empor, schlug ihm mit der Rechten das Messer aus der Hand, gab ihm noch zwei schallende Ohrfeigen, schleifte ihn zu seinem Koffer und befahl ihm dort:

»Heraus mit den Gedichten, die verbrannt werden müssen! Wenn du nicht sofort gehorchst, helfe ich nach!«

Der fromme Mann hatte mehr als genug.

(*»Weihnacht!«*)

»Was tut der weiße Mann, während die Häuptlinge der Comanchen sprechen?«

Ich riss das Blatt aus dem Buche, erhob mich und gab es ihm.

»Der große Häuptling der Racurroh mag selbst sehen, was ich tue!«

»Uff!« rief er beinahe überlaut, als er einen Blick auf das Blatt warf.

»Uff! Uff! Uff!« klang es noch dreimal, als die drei andern Häuptlinge das Blatt ergriffen, und To-kei-chun fügte hinzu:

»Das ist eine große Medizin! Der weiße Mann zaubert die Seelen der Comanchen auf dieses weiße Fell. Hier sitzt To-kei-chun, hier sind seine drei Brüder und dort stehen ihre Krieger und Zelte! Was will das Bleichgesicht damit tun?«

»Das soll der rote Mann gleich sehen!«

Ich nahm ihm das Blatt aus der Hand und ließ auch die hinter mir sitzenden Krieger einen Blick auf dasselbe werfen, die ebenso erstaunt waren, wie die Häuptlinge selbst. Dann knitterte ich es zusammen, rollte es zwischen den Händen zu einer Kugel und steckte diese in den Lauf meiner Büchse.

»To-kei-chun, du selbst hast gesagt, dass ich eure Seelen auf dieses Papier gezaubert habe; jetzt stecken diese Seelen in dem Laufe meines Gewehres. Soll ich sie hinausschießen in die Luft, dass sie von den Winden zerrissen werden und niemals in die ewigen Jagdgründe gelangen?«

Der Eindruck dieses Streiches war drastischer, als ich erwartet hatte. Alle vier Häuptlinge sprangen empor, und ringsumher ertönte ein einziger Schrei des Entsetzens.

(*Winnetou III*)

»Und was meine Gelehrsamkeit betrifft«, fuhr ich fort, »so ist sie gar nicht weit her. Ich soll alles wissen, von der Sonne bis zum Sandkorn herab? Nun ja, das Sandkorn kenne ich, wie jeder andere; aber von der Sonne weiß ich weiter nichts, als dass die Erde sich um sie dreht, wie weit wir von ihr entfernt sind, welchen Umfang, welch ein mutmaßliches Gewicht, welchen Durchmesser sie hat, wie – – – «

»Maschallah! Maschallah!« schrie der Mann laut auf, indem er mich ganz ängstlich anblickte und sein Pferd von dem meinigen wegrückte.

»Was schreist du denn?« fragte ich.

»Das weißt du? Was du jetzt gesagt hast?«

»Ja.«

»Wie weit die Sonne von uns entfernt ist?«

»Ungefähr zwanzig Millionen Meilen.«

»Dass wir uns um sie drehen?«

»Natürlich!«

»Wie stark und wie dick sie ist, das weißt du auch?«

»Ja.«

»Und sogar wie schwer sie wiegt?«

»Ungefähr. Auf eine Million Zentner kommt es dabei gar nicht an.«

Er machte jetzt ein völlig entsetztes Gesicht und hielt sein Pferd an.

»Herr«, sagte er, »ich bin einmal in Istambul gewesen und habe dort mit einem gelehrten Derwisch gesprochen, welcher wieder mit vielen gelehrten Männern anderer Länder zusammengetroffen war. Der hat mir bei dem Propheten und dessen Bart zugeschworen, dass die Sonne und die Sterne nicht so klein sind, wie es scheint, sondern viel, viel größer als die Erde. Sie scheinen so klein zu sein, weil sie so gar unendlich weit von uns entfernt sind. Ich war ganz erschrocken darüber. Du aber willst diese Entfernungen wissen und auch alles andere dazu! Kennst du denn auch den Mond?«

»Das versteht sich!«

»Wie weit er von uns entfernt ist?«

»Sechsundachtzigtausend türkische Aghatsch.«

»O Allah, wallah, tallah! Effendi, mir graut vor dir!«

Er starrte mich förmlich an. Da kam Halef herbei, hielt bei uns an und sagte:

»O, mein Sihdi weiß noch mehr, noch viel, viel mehr. Er weiß, dass es Sterne gibt, die wir noch gar nicht sehen, und dass es Sterne nicht mehr gibt, die wir noch alle Nächte erblicken. Er hat es mir selbst gesagt und es mir auch erklärt. Ich aber habe es wieder vergessen, denn mein Kopf ist viel zu klein für eine solche Menge von Sonnen und Sternen.«

»Ist das wirklich wahr?« schrie der Türke laut auf.

»Ja. Frage ihn selbst!«

Da ließ der Mann die Zügel auf die Knie fallen, hob die Hände bis zum Gesicht empor und hielt sie so, dass alle zehn Fingerspitzen nach mir wiesen. Das tut man in der Levante*, wenn man sich gegen den bösen Blick und Zauberei verteidigen will.

»Nein!« rief er dazu. »Ich frage ihn nicht. Ich will nichts wissen. Ich will ganz und gar nichts mehr er-

* Länder des östlichen Mittelmeers, Morgenland.

fahren. Allah behüte meinen Kopf vor solchen Dingen und solchen Zahlen. Er würde zerplatzen, wie ein alter Mörser, in den man zu viel Pulver gesteckt hat. Lasst uns lieber weiter reiten!«

(*In den Schluchten des Balkan*)

Der tränenreiche Weg zum Glück

Jetzt, jetzt mehr als zuvor zeigte es sich, welche Kraft in Lenis Stimme lag. Wie ein brausender Strom ergoss sie sich über das ganze Haus. Hingerissen von dieser Mimik, diesem Vortrage, dieser Stimme, brachen bereits jetzt die Hörer in stürmischen Beifall aus.

Und nicht die Sängerin allein war es, der dieser Letztere galt; nein, das Lied, der Text sowohl wie auch die Melodie, war so eigenartig, so originell und dabei meisterhaft gehalten, dass man ganz unwillkürlich beim Lob der Sängerin auch des Dichters und Komponisten denken musste.

Und wieder begann sie von Entsagung und Anfechtung, von aller Not des Körpers und der Seele. Jetzt gehen sogar die Kinder von ihr, Undank zahlend für die größten Opfer. Jetzt gibt es keine Seele mehr, an der sie sich festhalten kann, um nicht unterzugehen – nein, doch eine, eine erhabene Seele: Der König ist ihr erschienen als rettender Engel mit helfender Hand, und nun jubelt sie abermals:

»Als Alle mich verlassen hatten
  In meines Unglücks schwerer Nacht,
Stand ich in meines Königs Schatten;
  Mein König hat an mich gedacht!«

Wieder derselbe Beifall, und dann beginnt sie von der letzten Tagereise der irdischen Pilgerfahrt. Das Leben stirbt hin; der Staub neigt sich mehr und mehr der Erde zu. Das Auge wird dunkel, und die anderen Sinne verweigern den Dienst. Von vornher rauscht bereits die Brandung der Ewigkeit. Mach Deine Rechnung quitt mit dem Leben, so arm es auch gewesen sein mag. Mit wem soll sie, die Bettlerin, abrechnen? Wem ist sie Etwas schuldig? Den Menschen, die ihrer nicht gedachten? Den Ihrigen, von denen sie verlassen wurde? Nein, ihrer kann sie nur mit der Bitte gedenken: »Verzeihe ihnen, o Herr, wie ich ihnen verzeihe!« Aber Einen gibt es, einen Einzigen, dem sie so viel schuldig ist, ihre Rettung von Verzweiflung und Tod. Ihm muss sie die erlösende Tat schuldig bleiben. Aber noch ihre letzten Gedanken gehören ihm, und mit ihrer letzten Kraft richtet sie sich vom Sterbelager empor, und ihre letzten Worte lauten:

»Als Alle mich verlassen hatten
  In meines Unglücks schwerer Nacht,
Stand ich in meines Königs Schatten;
  Mein König hat an mich gedacht!«

Welch ein Vortrag! War's möglich, dass vor wenigen Monaten diese Sängerin noch eine arme, ungebildete Sennerin gewesen war? Sie war während der letzten Strophen in die Knie, dann sogar ganz niedergesunken, und hatte sich sodann, ganz wie eine Sterbende, mit letzter Kraft halb erhoben, um die letzten Takte wie einen Segenswunsch hinüber zur Königsloge schwellen zu lassen.

Da flossen Tränen, wirklich heiße Tränen. Niemand schämte sich derselben; aber als trotz dieser tiefen, tiefen Rührung der Beifall beginnen wollte, da sprang sie vollends vom Boden auf, machte eine abwehrende Armbewegung, warf Mantel, Tuch und Stock von sich und stand nun ganz so da wie bei ihrer ersten Nummer – als Sennerin Leni.

Das überraschte. Was hatte das zu bedeuten? Was wollte sie? Warum tat sie das? Ein lautloses Schweigen trat ein, keine Hand bewegte sich mehr, um mit dem Taschentuche offen oder halb verstohlen die Tränen zu trocknen.

Was sie wollte? O, es sollte ja noch die letzte Strophe kommen, in welcher sie von sich selber singen wollte, dankerfüllt gegen den hohen Wohltäter, durch dessen Barmherzigkeit sie hier begeistert und begeisternd stand.

Der Dirigent nickte rechts und links lächelnd seinen Leuten zu. »Jetzt kommt's! Passt auf!« wollte er sagen. Und wirklich, er hatte recht.

Nicht mehr schmerzlich klagend und doch ganz in derselben Melodie, in epischer Fülle und Schönheit klang das Vorspiel voran, und dann fiel Leni ein:

»Einsam, auf hoher, stiller Alm,
  Lebt ich, die Tochter der Natur,
Im prächt'gen Wald ein armer Halm,
  Gehört ich meiner Herde nur.
Da plötzlich drang ein Ton der Gnade
  Zu mir ins kleine Alpenhaus
Und rief von meinem engen Pfade
  Ins reiche Leben mich hinaus – – –«

Die Spannung, mit welcher Aller Augen und Ohren gegen die Sängerin gerichtet war, lässt sich gar nicht beschreiben. Und sie verdiente es auch. Das waren Herzenstöne, welche ihrer schönen Brust entquollen, und darum konnte es gar nicht anders sein: sie mussten wieder zum Herzen gehen.

Und weiter lautete die Strophe:

»Wohl möcht ich fürchten all den Glanz,
  Der fremd mir und erdrückend war;
Vielleicht welkt nie ein Lorbeerkranz
  Dereinst auf meinem greisen Haar;
Doch, leuchtet mir an Tempelsstufen
  Der Kunst bezaubernd Morgenrot,
Und hat mein König mich gerufen,
  So folg ich freudig dem Gebot.

Ade, ade, ihr grünen Matten;
  Ade, der Gletscher wilde Pracht!
Ich steh in meines Königs Schatten;
  Mein König hat an mich gedacht!«

Wohl selten war eine solche Wirkung eines Liedes gesehen worden, wie jetzt. Schon in der Mitte der Strophe hatte die Stimme Lenis zu zittern begonnen. Tränen füllten ihre Augen. Bei den Worten: »Ade, ade, ihr grünen Matten« musste die Begleitung eine Pause machen, denn die Sängerin schluchzte laut auf und konnte nicht weiter; dann aber fuhr sie weiter fort, und unter strömenden Tränen, aber wie mit Orgelton und Glockenklang endete sie mit mächtig dahinbrausender Stimme:

»Ich steh in meines Königs Schatten;
  Mein König hat an mich gedacht!«

Die Worte waren verklungen, und die Musik schwieg. Still wie in einem leeren Tempel war es für einen Augenblick – da schallte ein lautes, lautes, herzbrechendes Weinen durch den Raum; der Sepp war es. Der Fex konnte sich auch nicht halten und fiel ein. Leni, bis jetzt still stehend, schlug die beiden Hände vor das Gesicht und eilte schluchzend hinter die Kulissen und – – –

War es möglich! War so etwas bereits einmal dagewesen? Auch draußen im Zuschauerraume, rechts und links, oben und unten, brach die Rührung hervor, welche nicht mehr zurückzuhalten war: Man weinte allgemein.

Auch der König saß still und bewegungslos, den Arm, welcher das Taschentuch hielt, auf die Brüstung gestützt und das Gesicht in die Hand gelegt – – – er weinte!

Wagner und Liszt, die beiden Meister der Tonkunst, auch ihre Kraft war zu gering: Sie hatten Tränen.

Nur einer saß unten, dessen Auge nicht nass wurde – der Krikelanton. Der Grimm ließ ihn zu keiner Rührung kommen.

(*Der Weg zum Glück II*)

Karl May, 1898

VIII
Humorvolle Weisheiten

Dein Scherz sei wie ein frischer, reiner Hauch, der den Staub der Straße von der Blume weht, nicht aber wie der scharfe Windstoß, der sie welken macht.

(*Himmelsgedanken*)

Über das ›richtige Verhältnis‹ zwischen Mann und Frau

»Du hast mir einmal gesagt, wie das heilige Buch der Christen das richtige Verhältnis zwischen Mann und Weib erklärt. Kannst du dich darauf besinnen, Effendi?«

»Ja.«

»Du sagtest ungefähr: Gott schuf den Menschen ihm zum Bilde, und zwar ein Männlein und ein Weiblein. Allah hat zweierlei Eigenschaften, nämlich die Eigenschaften der Allmacht, wozu die Ewigkeit, Weisheit, Gerechtigkeit gehören, und die Eigenschaften der Liebe, welche sich auch in seiner Gnade, Langmut, Güte und Barmherzigkeit äußert. Wenn der Mensch, welcher aus zwei Wesen besteht, ein

Bild Gottes zu sein hat, so soll also der Mann ein Bild der göttlichen Allmacht und die Frau ein Bild der göttlichen Liebe sein. Habe ich mir das nicht sehr gut gemerkt?«

»Ziemlich richtig.«

»Wenn auch nur ziemlich, für mich genügt es doch. Seit du mir diese Erklärung gegeben hast, bin ich stets bemüht gewesen, ein Bild von Allahs Allmacht zu sein. Du weißt, wie tapfer und umsichtig ich im Kampfe und wie weise, klug und gerecht ich in der Regierung meines Stammes bin. Diese eine Seite meines menschlichen Wesens lässt also wohl kaum etwas zu wünschen übrig. Und die andere Seite, welche dort in der Sänfte sitzt und ihre freundlichen Augen unaufhörlich auf mich richtet, ist auch genau so, wie Allah sie wünscht, nämlich ein Bild der Liebe, die mir jeden Tag zur Wonne und jede Stunde zum Vergnügen macht. Und diese Spenderin des Glückes auch während der Reise bei sich haben zu können, das ist eine Seligkeit, die mir auf unsern früheren Ritten leider versagt bleiben musste. Ich habe gesagt, dass es früher schön war, und möchte aber behaupten, dass es jetzt fast noch schöner ist! Verstehst du mich nun?«

»Ja.«

»Hast du denn mit deiner Emmeh noch niemals eine Reise gemacht?«

»Oh doch!«

»Da hast du natürlich auf dem Pferde gesessen und sie im Tachtirwan[1]?«

»Nein. Tachtirwanat gibt's bei uns nicht.«

»Nicht? So hat sie frei auf dem Kamele gesessen?«

»Auch nicht. Im Abendlande reist man nicht per Kamel, sondern in der Karrusa[2] oder in dem Katr[3].«

»Allah! Wer darf im Katr fahren?«

»Jeder, der seinen Tiskri[4] bezahlt hat.«

»Auch Frauen?«

»Ja.«

»Aber neben dem Weibe eines andern zu sitzen, das ist doch wohl sehr streng verboten?«

»Nein.«

»Unmöglich! Sihdi, sag aufrichtig, ob du, nämlich du auch schon einmal im Katr neben einer Frau gesessen hast, welche in den Harem eines andern Mannes gehörte!«

»Schon oft! Ich bin nicht nur mit fremden Frauen, sondern sogar mit fremden Töchtern gefahren.«

»Und wie steht es mit deiner Emmeh, der jugendlich schönen Bewohnerin deines Frauenzeltes, hat die auch schon neben andern Männern sitzen müssen?«

»Ja.«

1 Kamelsänfte für Frauen.
2 Kutsche.
3 Bahnzug.
4 Billet.

»So verderbe Allah eure Eisenbahnen bis in den allertiefsten Abgrund der Hölle hinab! Wenn nicht nur mein Weib, welches ich allein besitze, sondern auch alle meine Töchter, die ich glücklicherweise noch nicht habe, es sich gefallen lassen müssen, dass jeder fremde Stadtbewohner und jeder unbekannte Beduine sich im Katr an ihre Seite setzen darf, so mag ich von eurem Abendlande kein Wort weiter hören! Sihdi, du weißt, wie sehr ich dich liebe und wie hoch ich dich achte; aber nun ich weiß, dass du neben fremden Frauen und Töchtern gesessen hast, die nicht in deinem Zelte geboren worden sind, und dass du sogar auch deiner Emmeh erlaubst, mit Männern zu reisen, an welche sie kein Akd en Nikah[5] bindet, nun wird es mir wohl nicht mehr leicht sein, dich als meinen besten Freund, den ich im Herzen trage, mit Anerkennung zu beehren! Die Schienen eurer Eisenbahn haben sich zwischen mich und dich gelegt, und unsere Herzen sind einander so entfremdet worden, dass sie durch keinen Wabur[6] wieder verbunden werden können. Ich lasse dich allein und gehe zu meiner Hanneh, um in meiner großen Betrübnis Trost bei ihr zu finden!«

(*Am Jenseits*)

5 Zeremonie des Ehekontraktes.
6 Lokomotive.

»Hören Sie, Kapitän: das Leben geht noch über die Liebe. Ich glaube nicht, dass Sie mir da Unrecht geben werden.«

»Die kalte Berechnung sagt allerdings, dass Sie da Recht haben; aber es gibt auch Charaktere, welche für ihre Liebe in den Tod gehen können.«

»Zu diesen Leuten gehöre ich nicht. Ich bin weder ein Dichter noch sonst ein Schwärmer. Es mag romantisch sein, für die Geliebte zu sterben; für sie zu leben, ist aber jedenfalls vernünftiger und vorteilhafter.«

(*Die Liebe des Ulanen IV*)

»Die Liebe ist eine Koloquinte*. Wer sie isst, bekommt Bauchgrimmen.«

(*Durch die Wüste*)

»Der Kopf des Mannes gleicht oftmals einem leeren Beutel; im Kopfe der Frau aber ist stets noch ein Piaster zu finden, und wenn der letzte herausgenommen worden ist, steckt immer noch ein allerletzter drin!«

(*Im Lande des Mahdi III*)

* Kürbisgewächsart.

»Die Liebe ist nämlich der Senf für die Pfeffergurke des Lebens. Das eine ist ohne das andere nicht zu verdauen.«

(*Die Liebe des Ulanen III*)

Die Liebe ist ein eigentümliches Ding, in Lappland und in Tunis, am Mississippi und bei den Papuas; es ist am besten, ihr den Willen zu lassen.

(*Der Krumir* in *Orangen und Datteln*)

Es ist wahr: Ein schönes Weib hat mehr Einfluss auf den Mann als der beste Mann auf seine Frau.

(*Deutsche Herzen, deutsche Helden III*)

»[...] die beste, fürchterlichste Waffe ist die Lächerlichkeit. Sie siegt über alles, selbst über die Wissenschaft, die Schönheit, den Ruhm. Wer die Liebe eines Weibes gewinnen will, kann alles wagen, alles tun; aber er muss sich sehr hüten, sich lächerlich zu machen.«

(*Der verlorne Sohn IV*)

»Das Geheimnis eines Menschen, einen anderen zu beherrschen, besteht darin, dass man seine Fehler und Schwächen ergründet, ihnen schmeichelt, ihn darin bestärkt und sich zum Werkzeug für die Befriedigung dieser Schwächen macht.«

(*Waldröschen I*)

Wie leicht es doch ist, Menschenherzen zu erfreuen! Warum tut man das so wenig?

(*Im Reiche des silbernen Löwen III*)

Es ist etwas so Köstliches um die Freude. Wollte man sie doch allen Menschen gönnen!

(*Im Reiche des silbernen Löwen IV*)

Es ist eigentümlich und doch so wahr, dass der Mensch in den glücklichsten Augenblicken seines Lebens gar keine Gedanken hat. Er befindet sich in einem traumartigen Zustande, während dessen er zu keinem bewussten, beabsichtigten und kontrollierten Denken kommt. Er hat das Gefühl seines Glückes, weiter nichts, und das ist ja genug, mehr als genug.

(*Deutsche Herzen, deutsche Helden I*)

»Die Gedanken sind schneller als die Füße des Menschen. Darum soll man lieber mit ihnen gehen, als mit den Beinen.«

(*In den Schluchten des Balkan*)

»Ich bin Privatgelehrter und studiere die Vorwelt.«
»Und ich bin Laie und studiere die Mitwelt.«

(*Das Vermächtnis des Inka*)

Wenn ein Deutscher im Oriente reist, so hält man ihn entweder für einen Arzt oder für einen Gartenkünstler.

(*Im Lande des Mahdi I*)

Bitte, drehe das Rohr um, wenn Du nach einem Mitmenschen schaust! Du hast es fast immer verkehrt in der Hand.

(*Himmelsgedanken*)

Sollte es wirklich wahr sein, dass es Menschen gibt, welche sich mit Anstrengung aller ihrer Logik bemühen, den Geist in das Reich der Fabel zu verweisen, und aber doch sich selbst für bedeutende Geister halten?

(*Himmelsgedanken*)

Früher hatte man Schüler; heut macht man Schule.

(*Himmelsgedanken*)

Es ist keine Welt so groß, dass sie nicht in dir geistig Raum finden könnte.

(*Himmelsgedanken*)

»Man soll sprechen, wenn es notwendig ist, sonst nicht.«

(*»Weihnacht!«*)

Die Sprache soll für das Höchste, was der Mensch besitzt, die edelsten ihrer Worte haben; hier aber war es trivialisiert.

(*»Weihnacht!«*)

»Schweigen ist oft besser als sprechen.«

(*Der Schatz im Silbersee*)

Dem Fremden klingen diese wohllautenden Worte sehr angenehm in das Ohr; wenn man sie aber in das Deutsche übersetzt, so verschwindet die Poesie und das Imponierende. Don Gänseschmalz von Ofenruß, Donna Maria Affensprung von Hobelspan und ähnliche Namen haben nur im Spanischen Wohlklang, aber im Deutschen nicht.

(*Am Rio de la Plata*)

»[…] es ist gefährlich, ein Beispiel zu geben, dem niemand folgen mag.«

(*Winnetou III*)

Wenn dich die bösen Buben locken, so – – – locke du nur wieder.

(*Himmelsgedanken*)

»Es läuft in der Welt nicht alles so glatt ab, wie es gehobelt ist.«

(*Im Reiche des silbernen Löwen I*)

»Ich bin niemals ein leeres Buch gewesen, dessen Blätter man nach Belieben vor- und rückwärts wenden kann.«

(*Im Lande des Mahdi III*)

Jeder Kritiker sollte, ehe er die Feder in die Hand nimmt, wenigstens sich selbst seinen Befähigungsnachweis vorlegen.

(*Himmelsgedanken*)

Sei weise!

Geh nicht zu Denen, welche von sich reden;
  Sie kennen nur das eigne, liebe Ich.
Ein feines Ohr vermeidet die Trompeten;
  Der Weise hält am liebsten sich für sich.

Geh nicht zu Denen, welche von sich schweigen;
  Auch sie verehren nur ihr liebes Ich.
Sie wollen sich als große Schweiger zeigen;
  Der Weise hält am liebsten sich für sich.

Und musst du doch als Mensch zu Menschen gehen,
  So sprich und schweig, doch Beides nicht für dich.
Das Sprechen sei für die, die dich verstehen.
  Das Schweigen für der Andern liebes Ich.

(*Himmelsgedanken*)

IX

Zu guter Letzt

»Diese Geschichte muss ein Ende nehmen. Ich habe das ewige Anschleichen satt!«

(*Old Surehand III*)

Mancher meiner geneigten Leser wird am Schlusse des vorigen Kapitels gedacht haben: »Jetzt sollte der Verfasser eigentlich schließen, denn nach schriftstellerischen Regeln ist die Erzählung nun zu Ende, da die sämtlichen Konflikte gelöst worden sind und der Gerechtigkeit Genüge geschehen ist.« Dem habe ich zu entgegnen, dass ich nicht eigentlich schriftstellere, sondern Erlebnisse niederschreibe und es unmöglich hindern kann, wenn sich das Leben und die Wirklichkeit nicht nach schriftstellerischen Regeln richten und sich selbst vom scharfsinnigsten Kritikus nicht den Gang der Ereignisse vorschreiben lassen. Es gibt ewige Gesetze, welche hoch über allen tausend Regeln der Kunst erhaben sind.

(*Im Lande des Mahdi III*)

Was soll ich weiter sagen! Solche Augenblicke muss man erleben, aber darüber sprechen, darüber schreiben kann man nicht.

(*Satan und Ischariot III*)

Bekanntlich ist dem Schriftsteller viel, sehr viel erlaubt; ich aber gehe noch weit über dies hinaus und erlaube mir etwas, was sich noch keiner dieser Herren je gestattet hat, nämlich – – zu schweigen!

(*Und Friede auf Erden!*)

Meine einstige Grabschrift

Ich war ein Dichter, ernst und heiter,
Das Schicksal spielte mit mir frech;
Mein ganzes Leben war nichts weiter,
Als nur ein großer – Klumpen Pech!

(*Ein wohlgemeintes Wort*)

Textnachweise

GR	Karl May's gesammelte Reiseerzählungen. Freiburg i. Br.: Fehsenfeld, 1892 ff. [Die römischen Ziffern entsprechen den Bandnummern.]
I	*Durch Wüste und Harem* (*Durch die Wüste*), 1892
II	*Durchs wilde Kurdistan*, 1892
III	*Von Bagdad nach Stambul*, 1892
IV	*In den Schluchten des Balkan*, 1892
V	*Durch das Land der Skipetaren*, 1892
VI	*Der Schut*, 1892
VII	*Winnetou I*, 1893
VIII	*Winnetou II*, 1893
IX	*Winnetou III*, 1893
X	*Orangen und Datteln*, 1894
XI	*Am Stillen Ocean*, 1894
XII	*Am Rio de la Plata*, 1894
XIII	*In den Cordilleren*, 1894
XIV	*Old Surehand I*, 1894
XV	*Old Surehand II*, 1895
XVI	*Im Lande des Mahdi I*, 1896
XVII	*Im Lande des Mahdi II*, 1896
XVIII	*Im Lande des Mahdi III*, 1896
XIX	*Old Surehand III*, 1896
XX	*Satan und Ischariot I*, 1897
XXI	*Satan und Ischariot II*, 1897
XXII	*Satan und Ischariot III*, 1897
XXIII	*Auf fremden Pfaden*, 1897
XXIV	*»Weihnacht!«*, 1897
XXV	*Am Jenseits*, 1899
XXVI	*Im Reiche des silbernen Löwen I*, 1898
XXVII	*Im Reiche des silbernen Löwen II*, 1898
XXVIII	*Im Reiche des silbernen Löwen III*, 1902

XXIX *Im Reiche des silbernen Löwen IV*, 1903
XXX *Und Friede auf Erden!*, 1904
XXXI *Ardistan und Dschinnistan I*, 1909
XXXII *Ardistan und Dschinnistan II*, 1909
XXXIII *Winnetou IV*, 1910

DHDH Deutsche Herzen, deutsche Helden. 6 Bde. Hrsg. von Hermann Wiedenroth und Hans Wollschläger. (Historisch-kritische Ausgabe.) Bargfeld: Bücherhaus Bargfeld, 1996. – © Karl-May-Stiftung, Radebeul.
ED Erzgebirgische Dorfgeschichten. Dresden-Niedersedlitz: Belletristischer Verlag, [1903].
H Himmelsgedanken. Gedichte. Freiburg i. Br.: Fehsenfeld, [1900].
KHE Kleinere Hausschatz-Erzählungen von 1878–1897. Repr. der Karl-May-Gesellschaft und der Buchhandlung Pustet. Hamburg/Regensburg: Pustet, 1982.
KK Kong-Kheou, das Ehrenwort (Der blau-rote Methusalem). Hrsg. von Hermann Wiedenroth und Hans Wollschläger. (Historisch-kritische Ausgabe.) Nördlingen: Greno Verlag, 1988. – © Karl-May-Stiftung, Radebeul.
LU Die Liebe des Ulanen. 5 Bde. Hrsg. von Hermann Wiedenroth und Hans Wollschläger. (Historisch-kritische Ausgabe.) Bargfeld: Bücherhaus Bargfeld, 1994. – © Karl-May-Stiftung, Radebeul.
LuS Mein Leben und Streben. Freiburg i. Br.: Fehsenfeld, [1910].
Ö Der Ölprinz. Stuttgart/Berlin/Leipzig: Union Deutsche Verlagsgesellschaft, 1897.
SiS Der Schatz im Silbersee. Hrsg. von Hermann Wiedenroth und Hans Wollschläger. (Historisch-kritische Ausgabe.) Nördlingen: Greno Verlag, 1987. – © Karl-May-Stiftung, Radebeul.

VI Das Vermächtnis des Inka. Stuttgart/Berlin/Leipzig: Union Deutsche Verlagsgesellschaft, 1895.

VS Der verlorne Sohn. 6 Bde. Hrsg. von Hermann Wiedenroth und Hans Wollschläger. (Historisch-kritische Ausgabe.) Bargfeld: Bücherhaus Bargfeld, 1995. – © Karl-May-Stiftung, Radebeul.

W Waldröschen. 6 Bde. Hrsg. von Hermann Wiedenroth und Hans Wollschläger. (Historisch-kritische Ausgabe.) Bargfeld: Bücherhaus Bargfeld, 1997. – © Karl-May-Stiftung, Radebeul.

WzG Der Weg zum Glück. 6 Bde. Hrsg. von Hermann Wiedenroth. (Historisch-kritische Ausgabe.) Bargfeld: Bücherhaus Bargfeld, 1999. – © Karl-May-Stiftung, Radebeul.

WW Ein wohlgemeintes Wort. Frühe Texte aus dem »Neuen deutschen Reichsboten« 1872–1886. Lütjenburg: Gauke Verlag, 1994. – © 1994 Gauke GmbH, Kiel.

KM Wollschläger, Hans: Karl May. Grundriß eines gebrochenen Lebens. Zürich: Diogenes Verlag, 1976.

JbKMG Jahrbuch der Karl-May-Gesellschaft. Hrsg. von Claus Roxin. Hamburg 1970–73. – Hrsg. von Claus Roxin und Heinz Stolte. Hamburg 1974. – Hrsg. von Claus Roxin, Heinz Stolte und Hans Wollschläger. Hamburg 1975–81. Husum 1982–92. – Hrsg. von Claus Roxin, Helmut Schmiedt und Hans Wollschläger. Husum 1993–99. – Hrsg. von Claus Roxin, Helmut Schmiedt, Reinhold Wolff und Hans Wollschläger. Husum 2000–02. – Hrsg. von Claus Roxin, Helmut Schmiedt, Hartmut Vollmer, Reinhold Wolff und Hans Wollschläger. Husum 2003–06. – Hrsg. von Claus Roxin, Helmut Schmiedt, Hartmut Vollmer, Reinhold Wolff † und Hans Wollschläger †.

Husum 2007. – Hrsg. von Claus Roxin, Helmut Schmiedt, Hartmut Vollmer und Johannes Zeilinger. Husum 2008–10. © Karl-May-Gesellschaft, Radebeul.

MKMG Mitteilungen der Karl-May-Gesellschaft. Hamburg 1969 ff. – © Karl-May-Gesellschaft, Radebeul.

KMA Karl-May-Autographika. Materialien aus dem Autographenarchiv der Karl-May-Gesellschaft. Hrsg. von Volker Griese. Wankendorf 1995 ff. – © Karl-May-Gesellschaft, Radebeul.

Zur Textgestalt

Die Texte folgen den genannten Ausgaben. Die Orthographie wurde behutsam modernisiert (z. B. »diktieren« statt »dictiren«, »Tat« statt »That«, »gibt« statt »giebt«, »Literat« statt »Litterat«, »dass« statt »daß«). Kursive Überschriften im Textteil stammen vom Herausgeber. Textauslassungen sind durch Auslassungspunkte in eckigen Klammern gekennzeichnet. Druckfehler wurden stillschweigend korrigiert.

I

Das Ich

21 H 244 f. | **22** KMA H. 5, 1995, 3 | **23** GR VII, 608 | **24** 1 LuS 138 | 2 GR VII, 152–154 | **26** LuS 145 | **27** JbKMG 1991, 32

II

»Ich bin wirklich Old Shatterhand resp. Kara Ben Nemsi«

29 1 KM 80 f. | 2 GR VII, 181 f. | **30** GR IX, 526 | **31** GR XXVII, 90 f. | **32** 1 GR XXVI, 94 | 2 GR XXIII, 468 | 3 GR XV, 3 f. | **33** 1 MKMG, Nr. 71, 1987, 25 | 2 JbKMG 1970, 164 | **34** JbKMG 1976, 283 | **35** LuS 139 | **36** KHE 303 f. | **44** JbKMG 1992, 348 | **46** JbKMG 1976, 283 | **47** 1 GR XXIV, 215 | 2 GR XXI, 278 | 3 GR XV, 292 | **48** 1 GR XXII, 34 f. | 2 GR XVIII, 567–571 | **54** 1 GR VI, 536 | 2 KMA H. 1, 1995, 7 | **55** KMA H. 1, 1995, 7

III

»… denn das Leben ist der fruchtbarste und phantasiereichste Romanschreiber«

57 VS I, 153 | **58** VS I, 208 | **59** GR XXIV, 118–120 | **61** GR XXIV, 4 | **62** GR XIX, 151 f. | **63** GR III, 357 f. | **64** 1 GR XIX, 125 f. | 2 GR XXXIII, 356 | 3 GR XVI, 560 | **66** 1 WzG I, 380 | 2 GR XXIV, 152 | 3 GR XIII, 216 | 4 GR XVIII, 516 | 5 GR XII, 90 | **67** 1 GR XXIV, 372 | 2 GR XXXII, 377 f. | 3 GR XXX, 14 f.

IV

»Lieber Leser …«

68 GR VII, 7–9 | **71** GR XIX, 189 f. | **74** GR XIX, 342 |
75 1 GR XXVII, 219 | 2 GR XXXIII, 271 | **76** ED, unpag.

V

Skurrile Gestalten

79 GR I, 1–3 | **81** GR VII, 28–31 | **86** Ö 42–44 | **91** SiS 44 f. |
93 GR XXIII, 509–511 | **95** GR I, 318–320 | **97** GR II, 556–559 |
101 GR XXVIII, 347–349 | **104** GR XXXI, 65–68

VI

Burleske Szenen

108 GR IV, 373–385 | **117** Ö 465–468 | **122** KK 52–57

VII

K(F)uriose Auftritte

132 GR XXI, 247–250 | **136** GR XXIV, 148 | **137** GR IX,
233 f. | **138** GR IV, 480–482 | **141** WzG II, 663–666

VIII

Humorvolle Weisheiten

148 1 H 140 | 2 GR XXV, 3–5 | **152** 1 LU IV, 1855 | 2 GR I, 272 | 3 GR XVIII, 233 | **153** 1 LU III, 1491 | 2 GR X, 253 | 3 DHDH III, 1761 | 4 VS IV, 1659 | **154** 1 W I, 485 f. | 2 GR XXVIII, 359 | 3 GR XXIX, 441 | 4 DHDH I, 629 | **155** 1 GR IV, 502 | 2 VI 61 | 3 GR XVI, 33 | 4 H 335 | 5 H 55 | **156** 1 H 246 | 2 H 292 | 3 GR XXIV, 205 | 4 GR XXIV, 142 | 5 SiS 473 | 6 GR XII, 165 | **157** 1 GR IX, 571 | 2 H 155 | 3 GR XXVI, 209 | 4 GR XVIII, 465 | **158** 1 H 196 | 2 H 311

IX

Zu guter Letzt

159 1 GR XIX, 555 | 2 GR XVIII, 153 | **160** 1 GR XXII, 609 | 2 GR XXX, 596 f. | 3 WW 31

Verzeichnis der Abbildungen